朗格彩色童话集

桃红色童话

Taohongse Tonghua

[英]安德鲁·朗格　编著

孙寿保　译

内蒙古少年儿童出版社

图书在版编目（CIP）数据

桃红色童话 /（英）安德鲁·朗格编著 ; 孙寿保译
. -- 通辽 : 内蒙古少年儿童出版社, 2021.7
（朗格彩色童话集）
ISBN 978-7-5312-4297-0

Ⅰ.①桃… Ⅱ.①安… ②孙… Ⅲ.①童话—作品集
—世界 Ⅳ.①I18

中国版本图书馆CIP数据核字（2021）第071634号

朗格彩色童话集
桃红色童话
［英］安德鲁·朗格/编著　　孙寿保/译

责任编辑：高　娃
封面设计：张合涛
出　　版：内蒙古少年儿童出版社
地　　址：通辽市科尔沁区霍林河大街312号
邮　　编：028000
电　　话：（0475）8219305
印　　刷：保定市海天印务有限公司
开　　本：787mm×1092mm　1/16
印　　张：9.5
字　　数：105千字
版　　次：2021年7月第1版
印　　次：2021年7月第1次印刷
书　　号：ISBN 978-7-5312-4297-0
定　　价：32.00元

目 录
contents

桃红色童话

桃红色童话

为爱奔波的猫

不知在多少年以前，有一只洒脱又漂亮的猫，它的皮毛非常珍贵，眼睛也十分动人，闪烁着星星般的光芒，在漆黑的夜里也能看清所有的东西。

这只猫的名字叫刚儿。刚儿的主人是一名音乐老师，他十分宠爱刚儿，经常对身边的人说，无论给他多少财富都不会卖掉刚儿！

在音乐老师家的不远处有一位夫人，家中养着一只名叫"科玛"的可爱小猫。科玛真的是非常讨人喜欢！它和刚儿一样漂亮，有着明亮的眼睛，一举一动都十分优雅，每次饭后都用舌头清洁自己的爪子和脸颊，它是最干净的猫。夫人经常在科玛的耳边嘟囔："我最亲爱的科玛，没有了你，我就没有办法活下去。"

一天傍晚，刚儿出去散步，它走到一棵大树下。这时，科玛从河边走来，它们就这样相遇了，并相互爱上了对方。

刚儿的爱慕者可真不少！有许多小猫在看到它时，都会讨好地走过来，刚儿经常为此感到苦恼。刚儿性格高傲，对于那些追求者它都不放在心上。它一直在寻找属于自己的那份爱，直到遇到科玛。

而科玛也非常喜欢刚儿。可每位姑娘天生都有一种直觉——就连科玛也觉得，它们的爱情不会有好的结果。

科玛每天都在苦恼着，终于有一天，它对刚儿说："我们到底会不会在一起呢？"刚儿想了想，只能去请求主人把科玛买来，但科玛的主人却一口拒绝了！也有人来到音乐老师的身边劝说成全这对恋人，自然也没有得到满意的回答。两家主人谁也不肯低头，刚儿与科玛的结婚计划只能一推再推。

虽然有着许多的阻碍，可它们之间的感情却没有因此受到丝毫的影响。商量过后，它们决定不再继续生活在别人的屋檐下，而要为自己的爱情做出行动。

它们挑选了一个合适的夜晚，从家中偷偷跑了出来，约定无论以后发生什么事情都不分开。它们漫无目的地奔跑着，忘记了回家的路，终于在某个夜晚留在了一个空荡荡的公园。此时，这对出逃的爱人已经疲惫万分了，就连公园的草地看上去都是那么的舒适，好像柔软的床垫，大片的树荫仿佛也发出了邀请它们休息的讯号。它们叹着气，心想：这里就是它们的新家吧？可万万没想到，危险突然出现在了它们面前！

那是一条恶狼，它向两只猫靠近。科玛吓坏了，尖叫着跑到远处。刚儿却勇敢地站到了前面，准备对付恶狼，它不会选择在科玛面前退缩，那样太可悲了。

可恶狼有着尖锐的牙齿和锋利的爪子，刚儿并不是它的对

手，这点就连恶狼也非常清楚。远处的科玛非常担心，它发出了呼叫声，希望有好心人可以来帮刚儿。

这时，一位仆人正好走过这里，帮它们赶走了恶狼，然后抱起浑身发抖的刚儿去见这个院子的主人———位公主。

园子里只剩下科玛，刚儿也非常担心，就这样离开了，科玛该怎么办？

公主在看到刚儿第一眼的时候就喜欢上了它，因为刚儿是一只美丽的猫，可这并不能让刚儿开心起来，它抱怨命运总是捉弄着它和科玛。它无法反抗，只能选择等待，寻找逃跑的机会。

这位公主是个非常善良的少女，所有人都喜欢她。她非常宠爱刚儿，总是给它最好的东西。

公主本应过着天堂般的生活，可一条狡猾的蛇却爱上了公主，每天都来向她求爱。公主总是吩咐仆人将蛇赶走，可这条蛇实在是太聪明了，每次仆人赶走它后，它总会找其他的方法跑回来，对此仆人们都感到非常无奈。

一天，公主在家中听音乐，突然，她感到腰上痒痒的，好像有东西缠了上来。她低头一看，那条蛇又溜了进来，正扬起脑袋要亲吻公主。公主吓坏了，放声大叫，惊醒了蜷在她脚边睡觉的刚儿。

刚儿看到了那条蛇，高高跳起来将蛇咬在嘴里，然后重重摔在地上！就这样，蛇被摔死了，公主再也不用害怕被它骚扰了。

对于刚儿的帮助，公主十分感激，她抚摸着刚儿，不停地道谢。从此以后，刚儿的生活越来越好，公主总是把最好的东西送给刚儿。可刚儿却很苦恼，要是现在可以见到它的科玛，这幸福的生活它可以不要！

日子过了很久，一天中午，刚儿正懒懒地躺在院子里睡觉，偶尔睁开眼睛看看天空。突然，耳边响起了熟悉的声音，它看到远处一只柔弱的猫正在哭泣，另一只肥胖的野猫拦住了它的去路。刚儿立刻扑过去赶走了野猫，转身时却发现，哭泣的猫竟是科玛！

见到了每天都在想念的爱人，刚儿激动无比。可科玛却认不出刚儿来了，因为刚儿变得比从前更加英俊。刚儿连忙向科玛解释，在得知救了自己的人就是刚儿后，科玛流着泪扑进刚儿的怀里。

两只猫兴奋得喵喵直叫，就连在打扫花园的仆人也被惊动

了。它们牵着手来到公主的面前，告诉了公主它们所经历的一切。公主认真地听着两只猫的故事，感动得眼泪直流。她许诺让它们住在这里，绝不让它们再分开。

之后过了很久，公主遇到了一位王子，两个人结婚了。王子和公主住在一起，她向王子讲述了刚儿和科玛的故事，还有刚儿怎样勇敢地将她从恶蛇手中救出的事情。王子十分感激刚儿，他决定永远不赶走两只猫，并希望它们永远陪在公主身边。

又过了很久，公主和王子有了很多孩子，刚儿和科玛也生下了许多小猫，他们的友谊永远都不会改变。他们幸福地生活在一起，再也不分开。

精灵和商人

　　有一位勤奋好学的学生，他非常贫穷，生活在一间狭小的屋子里。屋子的主人是一名商人，他的家就在学生屋子的旁边。

　　商人的店里有一个可爱的精灵，到了圣诞节的时候，商人会拿出果酱和糖果送给精灵做礼物。

　　精灵很喜欢那些果酱和糖果，也很喜欢商人，它一直留在商人的店里。一天晚上，学生想要去店里买一支蜡烛和奶酪，因为他家太穷了，雇不起女仆，所以只能自己来买。

　　他买好了东西，和商人的妻子聊了一会儿，想要离开。就在转身的时候，他突然看到装奶酪的包装纸上写满了字，上面的诗歌引起了他的注意。

　　"这是什么？"学生问。

　　"哦，这是用咖啡跟一位老人换的。我看不懂，这里还有一本呢。"商人说，"你很喜欢吗？我两个便士卖给你。"

　　"那我不买奶酪了，你把那本书给我，我吃面包就能填饱肚子。"学生说，"我太喜欢这本书了，虽然您很聪明，但我相信您和角落里的木盆一样，都不知道诗歌的美好呢！"

这听上去明明是侮辱人的话，可商人并没有放在心上，只是对学生微微一笑。学生也不在意，因为他只是在和商人开玩笑。

可精灵却非常生气，因为它很感激商人，也喜欢他的果酱和糖果，它想给学生一点儿教训，让学生知道，其实商人要比他厉害。

到了晚上，商人已经入睡了，可学生还在苦读。精灵来到商人妻子的身边，拿出了她的舌头，等她醒来再还给她。舌头放在任何东西上都能让这个东西说话，就像商人的妻子一样，什么都想说。虽然舌头只能让一个东西说话，不过这也很好了，否则店里会很吵的。

精灵把舌头放在了木盆上，这样木盆就能说话了。

"木盆，告诉我，你不懂诗歌吗？"精灵问。

"我当然懂了！"木盆说，"那些写在纸上的东西我最懂了！我看到人类总是将报纸上的字剪下来，我看过的诗歌是那个学生的一百倍！而且在这个店里，我是年龄最小的了。"

精灵拿下舌头，又装在咖啡机上。咖啡机立刻发出了叫声，非常刺耳！精灵取下舌头，放在了奶酪和柜子上，大家都同意木盆的看法。精灵想："既然它们都这样说，看来木盆没有说谎。"

"我要把这些话告诉那个学生！"精灵说，"他会感到后悔的，因为木盆很有学问。"

它来到学生的房间。学生正在看书，桌子上只有一支蜡烛散发着光芒，那本书就是他今天在店里买来的那本。

突然，精灵看到蜡烛的光芒变得很亮，诗歌也发出了同样的光芒，有一棵巨大无比的树从书中长了出来。学生就坐在树下，上面的叶子和花朵都变成了漂亮姑娘的脸，她们的眼睛比宝石还要闪亮。

精灵看呆了，它没有看过这样的景色，就这样看了很久，甚至忘记了自己在哪里。又过了一会儿，学生吹灭蜡烛，准备休息了，可精灵还沉浸在刚才的景色中，它站在那里，想着书中的一切，大声叹气。

"太美了！我多想再看看那棵大树和那些姑娘！"精灵说，"商人没有这些东西，我以后还是和学生住在一起吧！这样我就每天都能看到了！"

精灵想了很久，却又改变了主意。它并不是个笨蛋，它认为，如果它真的不和商人住在一起的话，就再也吃不到果酱和糖果了。

"商人可以给我果酱和糖果啊！"它这样想。

精灵重新回到店里，那只木盆正用商人妻子的舌头说话呢！它读完了报纸上所有的内容，身边的东西也听得很起劲。精灵连忙取下舌头，重新放回商人妻子的嘴里。

从那天开始，店里所有的东西都改变了对木盆的态度，从前它们都看不起它，可现在呢？商人每天读的新闻和歌剧全都是从木盆里拿出来的。

可精灵却不同了，它不再喜欢商人读的新闻了。只要到了晚上，精灵就会跑到学生的房间，看着他的蜡烛，还有那棵大树。不知为什么，看到这些美丽的景色后，精灵很想放声大哭，它的心情因此激动不已。

它想："如果我能和学生住在一起该有多好！"

可精灵不会这样做，因为它不想失去果酱和糖果。于是它安慰自己："我每晚跑来看看，不就行了吗？"

精灵站在学生的门外，突然有冷风吹过，身边的光芒也消失了。原来学生再次熄灭蜡烛，那棵大树也消失不见了。精灵感到很冷，它回到自己的房间，渐渐睡着了。

圣诞节来临了，商人给了它果酱和糖果，精灵决定继续留在他的身边。

这天夜晚，窗外响起了警报声和尖叫声，房子也在颤抖，房子外有火在燃烧。精灵想："是什么地方着火了吗？"

警报声越来越响，商人和妻子都很害怕，他们拿出金子藏在身上，并带好了账本，店里的仆人也包好了自己的衣服，他们想要逃跑。

所有人都找来了自己最宝贵的东西。精灵想了想，立刻跑到学生的房间。这时，学生正站在窗前看着外面的火光。精灵找到桌子上的诗歌，将它放进帽子里，然后抱着它离开了。

没错，这本诗歌就是它最重要的东西啊！精灵带着它飞到了半空中，坐在烟囱上。整个城市都被点燃了，精灵抱着那本诗歌，突然明白了：它应该和学生在一起！

没过多久，大火被扑灭，精灵又改变了想法。

"我应该变成两个！"它说，"商人会给我果酱和糖果，我应该好好想一想，到底什么才是最重要的。"

森林中的屋子

　　遥远的森林里，有一座破旧的木屋，贫穷的樵夫带着他的妻子和三个女儿生活在这里。

　　一天早上，樵夫起床去砍柴，他告诉妻子："中午的时候让女儿给我送午饭，我的袋子里有玉米粒，撒在地上她们就不会迷路了。"

　　很快到了中午，大女儿带着午饭去找樵夫，可路上的玉米粒早就被森林里的鸟吃光了，她怎么也找不到自己的父亲。

　　大女儿没有办法，只能在森林里四处乱走。她一直走到了天黑，就连眼前的路都看不清了，耳边还有奇怪的声音，这可吓坏了她。就在这时，她突然看到前方的森林中有一丝光亮。

　　"有光亮就会有人。"她这样想，"我可以去求助。"

　　大女儿朝着光亮走去，一间屋子越来越近了，光亮就是从那里发出来的。她敲了几下门，很快，有一个粗哑的声音回答："进来吧！"

大女儿走过黑漆漆的走廊，敲响了房间的门，就听到那个人说："你可以进来！"

她走进房间，看见一位年纪很大的老人，他的胡子很长，几乎要垂到地上了。

老人的身边有一只母鸡、一只公鸡和一头黑白花的母牛。

大女儿说了自己的遭遇，并请求老人收留她一晚，老人回答："我亲爱的公鸡和母鸡，还有美丽的母牛，你们说呢？"

"咯咯！"三只动物说，它们的意思是"我们同意"。

老人点着头说："我有很多房间，不过你要先去厨房给我们做好吃的晚饭。"

厨房里有很多蔬菜和肉，大女儿做了很多美食给老人，却忘记了那三只动物。

她准备好饭菜，看着长胡子老人吃饱后，自己也吃了一些。

晚餐后，她问："我很累，有可以让我睡觉的床吗？"

三只动物说："你们吃了晚饭，喝了果汁，却忘记了我们！想睡觉就去睡吧！"

老人回答："楼上有睡觉的房间，你去将床铺打扫干净再睡吧！"

大女儿走进房间，弄好床单就躺下睡觉了。没过多久，老人走了进来，拿着蜡烛看了看她。他看到大女儿已经入睡，就按下了墙壁上的开关，让大女儿掉进了地下室中。

这天晚上，樵夫生气地回到家中，向妻子抱怨："为什么让我在森林中饿了一天？"

妻子回答："我已经让大女儿送饭给你了，她还没有回

来。一定是迷路了，明天会回来的。"

到了第二天，樵夫又去砍柴，他这次要二女儿给他带午餐。

"这次我带了豌豆。"他这样说，"豌豆比玉米粒大很多，二女儿绝对不会迷路。"

到了中午，二女儿带着午餐去寻找父亲，可豌豆同样被鸟吃光了，二女儿也迷路了。

她在森林中走到很晚，也来到了老人的屋子里，希望他可以帮助自己。

白胡子老人又问三只动物："我亲爱的公鸡和母鸡，还有美丽的母牛，你们说呢？"

"咯咯！"三只动物这样回答。

于是，老人也要求二女儿去做一顿晚餐。

二女儿做了丰盛的晚餐，可她同样忘记了三只动物，只和老人一起用餐。

她吃完晚饭想要睡觉，三只动物说道："你们吃了晚饭，喝了果汁，却忘记了我们！想睡觉就去睡吧！"

二女儿找到卧房，很快进入了梦乡。老人无奈地看着她，也按下了开关。

到了第三天，樵夫告诉妻子："今天要小女儿送午饭给我，她那么聪明，还很勤劳，不会迷路，也不会乱跑。"

妻子回答："如果我们的小女儿也迷路了怎么办？"

樵夫回答："绝对不会，我们的小女儿最聪明，怎么会迷路呢？这次我在路上留下大豆，就没问题了。"

中午的时候，小女儿带着午饭出发了，可大豆竟然也被鸟吃光了，她和两位姐姐一样迷了路，在森林里走来走去，同时还担心父亲没有吃饭，母亲会不会着急。

　　她走到了天黑，同样来到了白胡子老人的房间。她礼貌地请求是否可以收留自己一晚，老人说："我亲爱的公鸡和母鸡，还有美丽的母牛，你们说呢？"

　　"咯咯！"三只动物给了同样的回答。

　　小女儿感激地走到动物面前，抚摸着它们的脑袋。

　　在老人的要求下，她同样准备了美味的晚餐，可她并没有直接坐下享用，而是说："我吃了晚饭，可这些动物却还在饿肚子，外面还有食物，我要为它们准备一些东西。"

然后她走出房间，又拿来了动物们的食物，放在它们的面前。

"你们也吃吧。"小女儿说，"如果口渴，我还会给你们拿清水来。"

她又从厨房找来了清水，动物们走了过来，喝得非常畅快，母牛还发出了"哞哞"的声音。

看着动物们吃完，小女儿才走回桌子前吃剩下的饭菜。过了一会儿，动物们吃饱喝足，姑娘也收拾好了餐具，她问道："我可以去休息了吗？"

老人问："我亲爱的公鸡和母鸡，还有美丽的母牛，你们说呢？"

"咯咯！"三只动物这样回答，"你给了我们吃的和喝的，是个好人，祝你有个好梦！"

小女儿走进卧房，先将房间和床铺收拾干净，然后才上床睡觉。

到了深夜的时候，突然传来了巨大的响动，房子也在晃动，动物们尖叫着，好像房子马上会塌掉一样。可没过多久，又恢复了正常，小女儿以为自己在做梦，就继续睡了。

到了早上，小女儿醒过来，发现那个房子不见了，破旧的卧房变得比宫殿还要华丽，身下的床又软又舒服，她的鞋子也变成了珍珠宝石鞋。

小女儿以为自己是在做梦，却忽然走进来三个穿着华贵衣服的下人。

"早安，小姐，请问有什么需要？"

"我要起来给老人还有那三只可爱的动物准备早餐。"小女儿说。

就在这时，卧房的门打开了，走进来一位英俊的少年，他说："我是王子，被一名魔女变成了白胡子老头儿，我的三个下人也都变成了动物，她说只有一位心地善良、热爱动物的姑娘来到这里，这个魔法才能破除。这个姑娘就是你啊！就在昨晚，我们都变回了自己，屋子也变回了宫殿。"

国王命令仆人去把小女儿的父母请来，因为小女儿和王子要结婚了。

可小女儿却在担心："我的两个姐姐呢？"

"她们还在地下室中，明天得去森林中做苦工，等到她们认识到自己的错误时，就可以回来了。"

渔人与乌龟

　　有一对夫妻生活在大海边，他们靠捕鱼生活，过着快乐的日子。他们有一个儿子，名字叫渔人。他们深爱着自己的儿子，每天为儿子不停地忙碌也从不觉得苦。

　　渔人渐渐长成了小伙子，也有了捕鱼的力气，就算遇到了狂风暴雨也敢跑到危险的海面打鱼，这种勤劳得到了所有渔夫的认同。可有人却很担心渔人，特别是这对夫妻的邻居，他经常对他们说："渔人太冲动了，总有一天他会被大海淹没的！"

　　渔人并没有把这些警告放在心上，他对自己很有信心，觉得自己驾船的技术天下第一，他的父母也很不在意。

　　一个晴朗的早晨，渔人准备去海上打鱼。突然，他看到大海的鱼群中出现了一只乌龟，渔人很惊喜，决定将它带回家，可乌龟竟然开口说话了！

　　"你可以放我走吗？求求你！我对你没有任何用处，我还这么小，求你放过我吧！"它害怕得快要哭出来了，"我会给你回报的！"

　　渔人被打动了，他答应了乌龟的请求，将它重新放回了大海。

　　很多年过去了，渔人过着平静的生活，每天都驾着船去深海捕鱼。一天，天气突然发生了变化，刮起了风，下起了雨，渔人躲到几块大岩石后避难，可不小心撞到了岩石上，他的船沉入了大海。

　　渔人会游泳，他游到了另一块岩石上，才没有被大海吞没。

　　就在这时，一只巨大的乌龟向他游了过来。乌龟说："几年前你放了我，现在我来报答你了。这里离你生活的地方太远，你站在我的身上，我带你走！"

　　渔人开心极了，立刻站到乌龟的背上，并向他表达了谢意。

　　乌龟说："我先带你去看看海里美丽的景色吧！"

　　渔人对大海很感兴趣，自然就答应了，于是，乌龟带着他来到了大海。海水的蓝色渐渐变深，温暖地将渔人包围。乌龟带着渔人游了许多天，他突然看到了深海下的一座宫殿。

　　宫殿上满是宝石和珍珠，还有贝壳，原本渔人还在惊叹宫殿的美丽，可当他走进宫殿的时候，更是惊得瞪大了眼睛。宫殿中的灯全部由鱼鳞组成，照得宫殿通透明亮。

　　"这是哪里？"渔人问。

　　"是海神的家，我们都是他的部下。"乌龟回答，"我就是海神公主最亲近的女仆，你很快就能见到我们的公主了。"

　　渔人有些迷茫，他只能站在原地等待即将发生的事情。乌龟总是和公主说渔人的故事，公主对渔人也很感兴趣。

　　乌龟让渔人等待和公主见面，公主在见到渔人的那一刻就爱上了他，希望渔人可以留在这里，并且可以让他永远年轻。

　　美丽的公主笑着问道："这样可以吗？"

　　渔人答应了，可他却不知道要留下来多久，这个问题要很久以后才能回答。

　　就这样，渔人和公主在一起生活了很长时间，可他却开始想念自己的父母，并希望能和他们见面。但他不敢告诉公主，因为他怕公主会伤心。

时间一天天过去，渔人越来越想念父母，人也变得沉默起来。公主问渔人："你怎么了？"

"我思念我的父母，还有我们的村庄，我能见见他们吗？"

公主非常惊恐，连话都说不出来了，她哭着恳求渔人留在这里不要走，否则会有意想不到的事情发生。

"如果你离开了，我们就再也无法见面了。"她说。

可渔人非常思念父母，他说："让我去见见他们，然后我就回来，永远陪伴你。"

公主并不答应，可又担心渔人悲伤，只能说："我能将你带回来，可我怕你遇到危险。"

渔人说："能再次见到你，什么苦难我都不怕。"

听了渔人的话，公主陷入了沉思，她多么不想让他离开啊！因为她知道，只要渔人一离开，他们就真的没有办法在一起了。

她从柜子里拿出一只金色的盒子送给渔人，让他不管发生什么都不要打开它。

"如果你能这样做，乌龟就会接你回来，我们就能在一起。"公主叮嘱了很多次。

渔人向公主道谢，并发誓绝对不会打开。他小心地放好金盒，重新站在乌龟的背上离开了深海宫殿。

几天后，乌龟带着渔人重新回到了渔人的故乡。和渔人道别后，乌龟很快离开了。

渔人的心情很好，他快乐地朝着家的方向走去。他看着眼前熟悉的房子、五彩的花朵，耳边响起了孩子的笑声，一切都让他感到十分亲切。渔人想到了父母，一路奔跑想要快点儿回家，可又觉得故乡发生了不小的变化，他的家找不到了。

眼前的屋子不是他的家，好像重新盖过一样。渔人想了想，忍不住去敲门，开门的却是一位姑娘。

"我的父母在哪里？"渔人问。

姑娘并不知道，她连渔人父母的名字都没有听说过，更不知道其他的事情。

渔人非常慌张，他悲伤地来到墓地，这里不会有太大的变化，还能告诉他过去的事情。果然，他在这里找到了父母的坟墓，上面标记着夫妻离开的那天，就是渔人消失在大海的日子。

因为留恋海底的生活，渔人抛弃了父母，他到现在才知道，已经过去几百年了。

就在这时，渔人摸到了公主送给他的金盒。他想："会不会眼前的一切都是假的，都是公主的魔法？这也是公主送他盒子的原因。"想到这里，渔人立刻打开了盒子，他期盼着魔法会消失。

盒子被慢慢打开，发出了银色的光芒，里面什么都没有。

渔人震惊地拿着盒子，他能感觉到身体很快变得苍老，皮肤也长满了褶皱。几分钟后，渔人已经变成了几百岁的老头子。他赶快跑到河边，看着自己的倒影，真的是一位又瘦又可怕的老人。

渔人觉得很累，好像很快就会死去，他缓缓走回村庄，谁都不知道他是谁，更没人知道他刚刚还是一位年轻的小伙子！

他艰难地走到海边，坐在沙滩上，绝望地喊叫着："乌龟！你在哪里？"

可因为渔人违背了约定，乌龟不会出现了。他就这样坐在沙滩上，很快离开了人世。

　　渔人死后，人们知道了他的来历，也知道了他的故事。从此以后，父母都会给自己不听话的孩子讲这样的故事：有一个贪恋海底生活的孩子，抛弃了自己的父母，为此他付出了惨痛的代价。

飞翔的箱子

在这个世界上，曾经有一位富有的商人，他有着数不完的金银，可以盖一座巨大的城堡。虽然商人很有钱，可他却从不挥霍，懂得怎样节省每一分钱，就这样一直节俭地活到了老。

商人死后，所有的钱财都留给了儿子。可儿子却不如父亲那样聪明，花钱总是大手大脚，每天都去看话剧，还花很多钱来做玩具，就连扔进水中的石头都用金子来代替。

虽然商人留下了很多的钱，可没过多久，这些钱就被儿子败光了，他的手中只剩下四块钱了，身上也只有一件衣服和一双鞋。

商人的儿子变成了穷光蛋，他的狐朋狗友也都离开了他，原本热闹非凡的家，一下变得冷冷清清。可他的朋友中，有一个善良、诚挚的人，他送给商人的儿子一只破箱子，说："用来装你的东西吧！"可商人的儿子什么都没有了，就自己钻了进去。

商人的儿子这时才发现这是一只魔法箱子，将盖子关好后箱子竟然飞了起来，很快穿过了大树，飞到了云层上，向远方继续飞去。他在箱底看到了一条缝隙，害怕地想："会不会从缝隙掉下去？"

他坐着这只箱子一直飞到国外。落地后，他将箱子藏在树洞中，走进了城里。这里的人穿着长袍和木鞋，没有人注意到这个突然到来的陌生人。

他在这里看到一个带着孩子玩耍的保姆。

"你好，保姆！"他打招呼道，"我看到那边有个城堡，那是什么地方？窗户那么大，有谁住在那里吗？"

"里面是苏丹的女儿。"保姆回答，"占卜者说她总是给自己的丈夫带来霉运，除非苏丹和王后同时出现，不然谁都见不到她。"

"谢谢。"商人的儿子说。他走回藏着箱子的树洞，重新坐在里面，就这样飞到了那座城堡的窗户前，悄悄爬了进去。

公主非常美丽，她正在睡梦中，商人的儿子上前亲吻了她。公主被吵醒了，露出恐惧的表情。

"我是你们这里的神，从外面飞进来看你。"商人的儿子说。

公主并没有怀疑，热情地接待了他。于是，他们坐在房间里聊天。他赞美公主的容貌："你有一双漂亮的眼睛，雪白的皮肤。"公主听了他的话，更高兴了。

年轻人希望公主能和他结婚，公主点头答应下来。

"但是我希望你在周六的那天来到这里，和我的父母一起吃饭。他们看到神也会和我一样开心的，而且你要准备好可以打动人的故事，他们都喜欢听故事。我母亲对充满寓意的故事

感兴趣，我父亲则喜欢有趣的。"

"可以，我会带来一本写满故事的书，当作我们结婚的礼物。"商人的儿子说。

离开前，公主送给商人的儿子一只装满了金币的盒子。他带着这些钱买了崭新的衣服，开始准备周六那天要讲的故事了。

商人的儿子想了很久，终于在周六那天带着准备好的故事，重新回到城堡。

城堡中，苏丹和王后以及大臣们正在一起喝茶，他们认为商人的儿子就是这里的神，纷纷起身迎接。

"可以讲故事给我们听吗？"王后要求，"我想听有寓意的故事。"

"还要非常有趣的。"苏丹说。

"好的，大家听好。"商人的儿子开始讲故事。

很久以前，有一只装火柴的盒子，还有一只金属的盒子、一只罐子，它们都在说着曾经发生在自己身上的事情。

"那时我还很小，还是一棵树，每天早晚我们都喝露水。白天的时候就在太阳下玩耍，还有鸟儿给我们唱歌。"火柴说，"那时我们的生活多么充实！所有的树木都要到了夏天才有衣服穿，而我们呢？一年四季都穿着绿色的衣服！后来来了一位伐木工，我们就这样分开了。我们现在的责任就是给人们带来光明，所以，我们中最有价值的人都在厨房里呢！"

"我们完全不一样。"罐子说，"从我出现开始，就已经不知熬煮过多少东西了，还每天被擦得干干净净。每次主人擦拭我的时候，我都很开心，这样我就能和我的朋友谈心了。"

"你说话怎么这么快？"火苗燃烧着，发出啪啪的声响。

"我们比一比，到底谁的工作最崇高。"火柴提议。

"我拒绝，我不想谈论自己。"罐子说。

"那我们继续聊天吧！我来告诉你们我的生活，在一个美丽的海边……"火柴开始讲故事。

"我喜欢这个故事的开头。"盘子们都这样说，"这会是个让我们开心的故事，相信它的结局也很棒。"

"我要跳舞。"火钳说，它高高地跳了起来。这模样被墙角的一块桌布看到，它立刻被吓成了两半。

水壶想要唱歌，可它浑身发冷，发不出声音，只有肚子里的水烧开时它才能说话。

一支写字笔放在窗台上，它看起来很普通，可是它却为自己曾每日浸泡在墨汁中而感到骄傲。

"水壶不能唱歌了，那笼子里的夜莺就会唱。"写字笔说。

"我觉得这不太好，为什么要听国外的鸟唱歌？"铁锅说。

"我们来表演一些有趣的节目吧？"大家一起说，"就是现在。"

突然，厨房的门被打开，大家都闭上了嘴巴，看着女仆走进来。铁锅们都明白，它们要工作了，它们感到深深的自豪。

女仆取来火柴轻擦，火光燃烧着。

这个时候，大家都看到了，也都明白了谁是最崇高的人，火焰是那么明亮……

它渐渐烧成了灰烬。

"我喜欢这个故事，它又有寓意，又有趣。"王后说，"我好像也走进了厨房，看到了故事中的一切。现在我同意你和公主的婚事。"

"没错，周一你们就可以结婚了。"国王说。

这时王后和国王都已经将商人的儿子当成了自己的家人。

整个城堡都在忙着准备两个人的婚礼。结婚的前一晚，这个城市是那么的明亮，路上有人贩卖糖果和饼干，孩子们笑着

奔跑，路人哼着歌曲，一切都显得其乐融融。

"我也应该做出点儿什么惊人的举动。"商人的儿子想。于是他买来了很多烟花，将它们装在箱子里，飞到天上。

烟花在半空中绽放，显现出各种漂亮的颜色。这里的人都被这些烟花惊呆了，他们大声尖叫，跳舞，将衣服扔到半空。他们现在确定，这个人一定是这里的神！

烟花放完了，他和箱子重新回到森林，商人的儿子突然想知道这些人都在说什么。

于是，他重新返回城中，听到了这些人的议论，感到非常满足。

"我们真的看到了神。"大家都这样说，"他穿着金色的长袍，有着英俊的面孔。"

"他的衣服就好像烟花。"还有人说。

商人的儿子对这些说法很满意，而且他明天就要和公主结婚了，还有比这更美好的事吗？

他又回到森林，却找不到他的箱子了。原来箱子已经变成了飞灰，因为烟花的一粒火花正巧落在了上面，箱子就这样燃烧起来。失去了箱子，他没有办法飞行，更不能去娶公主了。

到了结婚的这一天，公主很早就在窗户前等待，可一直等到了晚上，也没有等到和她结婚的神，或许她现在依旧在等待。

商人的儿子也离开了，他走过了很多地方，经常和别人讲述自己的故事，可无论哪个故事，都没有曾经的烟火故事那么精彩。

雪 人

　　寒冷的冬天，一个雪人站在雪地中说："好冷的天啊，我感到自己的身子都要裂开了！风这么大，四周这么凄凉，只有天空中那个闪闪发亮的东西最美丽！"

　　雪人说的正是太阳。傍晚的时候，太阳缓缓落下，雪人望着它继续说："虽然看着它的光芒，我的眼睛会很疼，可我的身体还是那么的坚固！"

　　雪人的眼睛是两块三角形的石头，嘴巴是坏掉的钉耙，看上去很像牙齿。

　　那些在雪地里玩耍的男孩子堆出了雪人，在它出现的那天，有清脆的鞭子声和响亮的铃声欢迎它的诞生。

　　有一天傍晚，太阳落山了，月亮出来了，雪人对自己说道："看啊，它又出现了，这光芒是多么的熟悉，要是它永远停在那里就好了，要是我也能像它一样，到处走一走该有多棒。我想变成那些孩子，在冰面上玩耍，可我连动也动不了！"

突然，有一条老狗大声叫了起来，它的声音又沙又哑，非常难听。

"你很快就会跑起来，太阳会教你的！去年冬天的时候，我看到另一位雪人就跑了起来，还有其他的雪人，它们都跑得很快。"老狗说。

"你在说什么？天上的那个东西会教我怎么跑？"它说着望向月亮，"没错，它确实在动，我看到了，原来它是在那边啊！"

"还有很多事情你都不懂。"老狗说，"你只是个新的雪人，你说的那个东西是月亮，从西边落下的是太阳，早晨它就会出现，看着太阳的方向，你就可以学会奔跑了。今天可真冷啊！我的腿已经开始疼了，我觉得一定会有什么变化的。"

"我不知道，太阳给我一种不祥的预感。"雪人说，"你看，它是那么的亮，又会消失不见，我并不了解太阳，它也不是我的朋友。"

老狗又"汪汪"叫了几声，慢慢走了几圈，然后回窝里睡觉去了。

如老狗所说，天气真的发生了变化。第二天清晨，整个村子被大雾笼罩，风冷得刺骨，就连陆地和树枝上都是白色的霜。过了一会儿，太阳出现了，黄色的光芒照耀着整个世界，植物都像是穿上了新的衣服，开出了白色的花。无数的叶子被冰霜团团裹住，上面像是嵌满了珍贵的钻石，显得更加美丽了。

在花园里散步的一对情侣感叹："多美的景色啊！"他们走到雪人的身边，观赏着美景。"夏天是看不到这些的。"姑娘这样说着，脸上露出了愉快的笑容。

"夏天也没有这家伙的存在啊！"青年伸出手来指着雪人，"连它也是这么的漂亮！"两个人望着雪人笑了，继续向前走去。

"我并不认识他们。"雪人问，"你知道他们是谁吗？"

老狗叫了几声，说："我知道的，他们经常给我好吃的东西，对我很好。"

"那他们到底是谁？"

"一对恋人！"老狗说，"以后的日子里他们要住同一个窝，吃同一块肥肉！"

"恋人？和我们一样吗？"雪人问道。

"不，他们就是我们的主人！"老狗说，"在我看来，生命短暂的人也不会明白太多的事情。我就不一样了，我活了这么久，还有什么事情不知道？我这么聪明，知道世界上所有的事情，认识所有的人。我真的很怀念曾经温暖的日子……"

"冷冰冰的感觉也不错！"雪人说，"可不可以再和我说一些事情？不要再拉扯你的链子了，我不喜欢那声音。"

"从前人们总夸我是可爱的小狗，我会躺在主人身边的软垫子上，主人温柔地抚摸我，并叫我亲爱的宝贝。我长大后他们将我交给仆人，便很少再看到主人了。你可以看到那间厨房吗？还有那个应该属于我的房间，这些仆人也知道。不过楼上的房间更大更好。那时我还小，仆人会给我准备好美味的食物，就连睡觉的枕头都是那么的柔软！我住的屋子暖洋洋的，因为有炉子在。那是我记忆里最美好的日子，我经常在炉子边睡得很香……"老狗说着。

"炉子是什么模样？"雪人问，"和我一样漂亮？"

"不！完全不同！它浑身上下都是黑色的，长脖子，还有一根管子，吃的东西是木柴，吐的却是火焰，大家都喜欢它，因为靠近它会很舒服。你现在可以看到它。"

雪人向屋子里望去，果然看到一个黑色的、冒着光亮的东西，上面插着管子。橘红色的光芒在里面跳跃着，看着这样的光芒，雪人突然感受到了幸福，甚至有种想要哭泣的冲动，可它并不明白这是为什么。

"它这么好，你为什么要离开它？"雪人问，它认为，炉子大概就像人类的少女一样温柔，"你难道不后悔吗？"

"我不得不离开它。"老狗回答，"因为我咬了主人的儿子，他抢走了我的骨头。这却让主人生气了，之后我一直住在这里。你听我的声音，已经完全变了，变得这样沙哑，汪！你能听到吗？这就是我应该承受的！汪！"

雪人没有再听老狗的话，它的注意力被那扇窗子吸引了。它看着那扇窗子，同时也看到了老狗口中管家的房间，那只炉子安静地站在那里，和雪人一样大。

"我的身体突然有种奇怪的感觉。"雪人说，"我会不会永远都没办法进去看看呢？这算不算是我的心愿？心愿应该去实现，我应该去看看，靠近那个炉子，就算不能打开那扇窗户，也不能阻挡我。"

"你不能进去！"老狗说，"你一靠近炉子就会消失的！"

"如果能走进屋子，我一定会感受到快乐。"雪人说，"我好像快要爆炸了。"

从早到晚，雪人都在看着窗户，月亮升起来后，里面的一切似乎更加诱人了。炉子的光芒是那么美丽，和太阳、月亮都不同，这是炉子专属的光芒。你只是喂它吃些木柴，它就能放出这样的光芒，真是太神奇了！雪人看着这光芒，终于开口说道："我一定要去看看！我不能继续站在这里了！多么美丽的颜色！"

那是一个很漫长的夜晚，可雪人只是望着炉子就觉得很快乐，甚至感受不到黑夜的漫长。它想：无论怎样都要进去看看。

第二天到了，太阳升起来，窗户上因为寒冷到处结满了冰花，虽然它很漂亮，却挡住了雪人观看炉子的视线，窗户也紧紧关闭着，雪人看不到那姑娘般温柔的炉子了。

它觉得身体又有了奇怪的变化，耳边也响起了很轻的响动，空气还是那么冰冷，可雪人却觉得有什么在发生着变化。

"你大概是病了。"老狗说，"我也曾有过这种感觉，可现在没有了。"

"天气好像有什么改变。"它又说。

没错，天气的确发生了变化，白雪在悄悄融化。雪人的身体动了动，它没有说什么，也不抱怨，这并不是一件好事。

到了第二天，雪人不见了，只能看到它原来站立的地方有一根树枝立在那里，正是孩子们堆雪人的时候用到的。

"我终于明白，雪人为什么喜欢炉子了！"老狗说，"仆人总是用炉耙子打扫炉子，雪人的身体里也有这个东西，就是因为这个！现在都好了！汪！"

冬天终于过去了，老狗还在院子里不停地叫着，姑娘欢快地唱着歌：

> 树林穿着绿色的衣裙，
> 花草戴上五彩的帽子，
> 鸟儿每天唱着动听的歌，
> 到处都是春天的色彩，
> 我的心也在放声歌唱，
> 你好啊，春天的太阳！
> 春天来临的时候，
> 没有一个人想起雪人的存在。

冰雪女王

　　从前，有一个恶魔，他做出了一面特殊的镜子。所有美好、善良的东西被放在镜子里，会变成芝麻大小，而所有丑恶的东西却会变得巨大而清晰。

　　美丽的景色在镜子里变成了一张白纸，那些有着美丽面孔的人们，则看到镜子里的自己变成了怪物。如果谁的脸上有一丝皱纹，那么在镜子里就会变成满脸皱纹的丑模样。

　　恶魔很喜欢这面镜子，他说："这才是最好的镜子啊！"

　　一天，恶魔正在观赏手中的镜子，突然不小心将它摔到了地上，镜子立刻碎成了无数块小小的碎片。这真让人惊恐，因为有些碎片小得好像灰尘，它们随风飞走，被带到每一个角落。要是碎片落到人的眼睛中，就再也取不出了，而且人们就会再也看不到世界的美好，眼中的人也会变成怪物。有些碎片甚至掉进了人的心脏，将它冻结成冰。

　　看到这样的惨景，恶魔开心极了，他捧着肚子哈哈大笑，

认为这是一件极正确的事情。

　　有一个城市，里面有很多居民，房子挤在一起，很多人家都没有自己的花园。

　　有两个住在城里的孩子，非常贫穷，虽然他们没有共同的父母，却好像亲兄妹那样。两个孩子是要好的邻居，他们在自己家的屋顶上找来两只箱子，里面放上泥土，种出了各种美丽

的玫瑰。在两个孩子的照料下，玫瑰一天天长大了。

夏天的时候，孩子们的父母会带着他们围着这些花草聊天、游戏。

很快到了冬天，天气变得寒冷起来，他们不能再去房顶看那些美丽的玫瑰了。窗子上结满了厚厚的白霜，他们甚至不能从窗户上看到对方了，于是他们想到了一个好办法：将硬币烤热，放在窗子上，白霜就会融化，他们就能看到彼此了。

男孩叫凯里，女孩叫安格。

一个下雪的冬日，凯里和安格在听奶奶讲故事。

"雪花多像白色的蝴蝶，在天空中飞舞。"奶奶说。

"雪花有主人吗？就像蝴蝶也有自己的主人一样。"凯里问。

"当然，雪花也有王后。"奶奶说，"雪下得最大的地方，就是白雪王后的家，她不会落在地面上，就算落下，也会重新飞起来，躲到云彩里去。到了中午，她就会在街上跳舞，欣赏窗户上的白霜。"

"我们也看到了这些白霜。"两个孩子说。

"白雪王后会来吗？"安格问。

"就让她进来吧，我会把她放进炉子里，她就融化了！"凯里说。

奶奶拍了拍他的额头，继续说着白雪的故事。

到了夜晚，凯里并没有睡觉，他坐在窗子前透过硬币的小孔看着外面。窗外又开始下雪了，一片雪花落在了窗子上，竟然开始渐渐变大，最后变成了一位美丽的少女，穿着白色的裙子。

少女好像是冰雕成的，她的眼睛闪闪发亮。她看着凯里，并冲他微笑，伸出手来敲打玻璃，凯里吓坏了，立刻躲进被子

里。就在这时，白雪王后从窗外飞过去了。

早晨，凯里醒过来，看到窗户上结了很厚的白霜。

过了很久，冬天和春天都离开了，美好的夏天来临了，屋顶的玫瑰再次绽放，凯里和安格像往常一样，围在屋顶观赏玫瑰，耳边响起教堂的钟声。凯里突然叫喊："我的眼睛好痛！有东西掉进去了！我的心脏也很痛！"

安格紧紧抱住凯里，他用力揉着眼睛，她却看不清他的眼中到底有什么，好像只是进了灰尘。

"现在不痛了。"凯里说。

可掉进凯里眼睛里的是镜子的碎片——那些让一切都变得丑恶的碎片。不仅有一片钻进了凯里的眼睛里，还有一片掉进了他的心里，让凯里的心变成了寒冰。它不会让凯里继续疼痛，但却让他完全忘记了感情。

"你怎么哭了？"凯里问安格，"你哭的样子像个怪物！我的眼睛已经不痛了。天啊，那些玫瑰被虫子咬过，又丑又小，真让人讨厌！"

凯里说着，踢翻了箱子，把花朵踩在脚下。

"你在做什么！"安格尖叫道。

看到安格这样，凯里有点害怕，他踢翻了另一只箱子，连忙从安格身边离开了。

过了几天，安格拿出连环画去找凯里，凯里却说："这些故事不好，是给孩子看的！"奶奶讲故事的时候，他经常说："我才不信呢！"凯里还总是悄悄跑到奶奶身后，摘下她的眼镜给自己戴上，模仿她说话走路的样子，他学得可真像，看到的人都放声大笑。没过多久，凯里就会模仿所有人的样子了。

曾经玩过的那些游戏，凯里也不喜欢了，他甚至讨厌玫瑰，讨厌奶奶的故事，讨厌连环画和算术。冬天，他拿着放大镜，跑到外面欣赏雪花。

"安格，你快来看，放大镜下的雪花多漂亮啊！有着复杂的花纹，比屋顶的花朵好看多了。雪花为什么会是这个样子？真希望它不会融化。"

早上，凯里穿上厚厚的衣服，戴着手套和滑板出发了，他对安格说："我去和男孩子玩了。"

广场上有很多滑雪的男孩，他们玩得非常尽兴。突然，一辆白色的雪橇滑了进来，上面坐着一个穿着白色皮衣，戴着白色帽子的陌生人。

雪橇飞快地滑过广场，凯里看到了，他把自己的雪橇挂在白色雪橇后，跟着它滑了起来。白色雪橇的速度很快，到了下一个街道，坐在雪橇上的人突然转过身来，冲凯里微笑着点点头，好像他们认识一样。

凯里很多次想要解开雪橇的绳子，可前面的人总是回过头来微笑，他干脆放弃了这个想法。白色雪橇带着他离开了城市，雪也下得越来越大，凯里快要被大雪覆盖了。白色雪橇还在滑动，凯里想要解开绳子，却失败了，两只雪橇一路奔驰，穿过旷野。

这时凯里感到了寒冷，他大叫："快点儿让我离开这里！"可并没有人回答他，好像这个世界只剩下他一个人了一样。

雪还在下，好像是飞在天空中的白色大鸟。就在这时，雪橇停了下来，上面的人站了起来，她的身上全是雪花，个子很高，身材也很好，她就是奶奶说的白雪王后。

"你看起来很冷，我的雪橇太快了。"白雪王后说，"来我的衣服里暖和暖和吧。"

凯里真的很冷，他靠近了王后，蜷在她的衣服里，可他感受不到温暖，就像是被冰雪包裹了一样。

"你好点儿了吗？"王后问，低头抚摸凯里的头发。她的手也是那么的冰冷，虽然凯里的心已经成了寒冰，可他还是感到了寒冷。

"我的雪橇在哪儿？不要丢掉它。"凯里突然想起了他的雪橇，发现它正挂在一只巨大的、白色的鸟腿上，是这只鸟带着自己的雪橇滑行的。

王后亲吻凯里的额头，这次他忘记了生活的城市，忘记了安格，忘记了家人。

"我不可以继续亲吻你了，否则你会死去。"白雪王后说。

他们在天空中飞翔，所有的东西都变成了芝麻般大小，寒风从耳边吹过，鸟儿也在他身边拍打着翅膀，月亮离他很近，好像伸手就能碰到一样。

凯里和白雪王后度过了一个夜晚，等他醒来的时候，发现王后就在他的身边。

失去了凯里的夜晚，安格会怎样呢？

她不知道凯里去了哪里，其他人也不知道，那些滑雪的男孩说看到凯里跟在一辆白色雪橇的后面，一直滑出了城外。

听到这样的消息，安格放声大哭起来，冬天似乎变得更加寒冷和漫长了。

冰雪融化，春天到来了。安格站在阳光下，决定把凯里找回来。

安格走到河边，坐上小船，向远方驶去。

"凯里会不会就在河水的前方？"安格这样想着。小船漂来漂去，安格走过了森林，看到前面有一个花园，里面长满了果树。院子里还有一所房子，窗户是红色和蓝色的，门前有两名带着武器的木头士兵站得笔直。

安格大声向他们叫喊，可木头怎么能回答？于是安格跳下船，向花园的方向走去。

"有人吗？"安格大声问道。房子里一位老奶奶听到了安格的声音，颤颤巍巍地走了出来，戴着满是花朵的帽子。

"可爱的姑娘，你怎么了？"老奶奶和蔼地问。她拉起安格的手，带她走向花园，继续问："告诉我，发生了什么？你是谁？怎么来这儿的？"

安格告诉了老奶奶所有的事情，还有她可怜的凯里。可老奶奶说并没有见过凯里，不过他总有一天会来到这里的。

"可我很想念凯里。"安格说，"我必须要找到他，您能帮助我吗？"

"别伤心，听我说，你留下来和我生活吧。这里有樱桃树，还有好看的花，比你的连环画还好，我还可以讲故事给你听。"老奶奶说。

她带安格走进屋子，关上了门。

屋子里非常明亮，彩色的窗户都在很高的地方，阳光照进来都是奇异的颜色。餐桌上摆满了甜美的樱桃，老奶奶说："你想吃多少都可以。"

在安格吃樱桃的时候，老奶奶拿出一只金黄色的梳子梳理起安格的头发。

她卷曲的金色长发披散而下，她的脸是那么的可爱，安格已经长大，成为一个貌美如花的少女了。

"我多希望自己能有你这样好看的女儿啊，我们一起生活会很幸福的，留下来吧！"老奶奶说。

在她给安格梳头的时候，安格已经慢慢地忘记了凯里。其实，老奶奶是一位巫师，却不是坏人，她只是想要安格留下来陪伴她，所以才使用梳子，给她施了魔法。

老奶奶走到花园里，挥了挥手，那些玫瑰花全部消失了，没人知道它们去哪儿了，好像它们从来都没有存在过。她害怕安格看到那些花朵会想起曾经的事情，想去寻找凯里，她害怕孤单。

她带安格到花园里玩耍，樱桃树散发着香气，这里的一切是那么的美好。安格快乐地在园子里奔跑，和两只木头士兵玩耍，太阳落下后就回到屋子里。她的房间非常精致，床也很舒服，她在睡梦中变成了公主，和王子结为夫妻。

接下来的每一天，安格都在花园里玩耍，在樱桃树下跳舞。花园里有很多花朵，安格全认识，可她总有一种感觉，这里的花朵好像缺少了什么。

一天，她看到老奶奶的帽子，那上面绣着许多花，还有一朵红色的玫瑰。

老奶奶让所有的玫瑰都消失了，却忘记自己帽子上还有一朵，这是她没有想到的。

"为什么这里没有玫瑰花？"安格大叫起来，她四处奔跑着，寻找着，可花园里并没有玫瑰的存在。她很伤心，大哭起来。她的眼泪从脸上落下，滴进泥土里，正巧落在深埋的玫瑰上。玫瑰重新长了出来，是那么的美丽，安格开心地亲吻着玫瑰，也想起了所有的事情。

"我是怎么了？"安格说，"凯里他在哪里？我是来找他的！"

安格拼命奔跑，想要离开这里，可花园的门已经紧紧关上了，她用力打开门，跑了出去。

她连鞋子都没穿，老奶奶也没有追赶她。她跑了很久，来到一块石头前才停下。她累得坐在石头上休息，打量着四周，发现现在已经到了秋天，可老奶奶的家中永远都是温暖的夏天，开着漂亮的花朵。

"我到底在做什么？为什么没有去找凯里？"安格大叫，"都已经是秋天了，我要继续去找他！"说完，安格继续奔跑起来。

天气渐渐变凉了，安格又累又冷，只能坐在地上休息。她看到雪堆上有一只巨大的乌鸦，它一直在看着她。乌鸦发现安格也在看它，就友好地向她打招呼。

"小姑娘，你好！"

然后它问安格为什么会出现在这里，安格告诉了乌鸦所有的事情，并问它是否看到过凯里。

乌鸦想了想，点着头说："我很可能看过！"

"你真的看到过凯里？"安格尖叫着，上前紧紧抱住乌鸦，乌鸦在安格的怀抱里快喘不过气来了。

"你先听我说！"乌鸦说，"我应该是看到过，那个人好像是凯里，可因为公主，他好像忘记了你。"

"凯里和公主在一起吗？"安格说。

"对啊，你听我说。"乌鸦对安格说了它所知道的事情。

"我居住的国家中有一位漂亮的公主，她很聪明，读了很多书，拥有无尽的智慧。没过多久，公主成了王后，她也有了结婚的念头，她认为自己需要一个丈夫陪她说话。"

"公主有了这样的想法，整个国家的人都很开心。你要相信我。"乌鸦说，"我的爱人就在宫殿里，是它告诉我这些事情的。"

乌鸦的爱人也是一只乌鸦。

"公主想要结婚的消息很快登上了报纸，上面有公主的照片和美丽的花纹，所有合格的青年都可以来找公主。要是哪个青年的声音特别好听，就会得到好吃的东西。哪个青年优秀，就可以和公主结婚。"乌鸦说，"你要相信我，我说的都是真的。"

"看到报纸的青年都去找公主了，宫殿前挤满了人，从来没有这么热闹过。过了很多天，公主却没有找到喜欢的人，因为那些青年虽然说话很好听，可进了宫殿后，看到那些华丽的装饰和严肃的士兵就害怕了，什么也说不出来，只会傻傻地看着公主。公主很不高兴，让那些青年都离开了。他们只能失望地走出宫殿。所以那些想要和公主结婚的人，一直都站在宫殿的大门外呢！"

"青年们没有东西吃，也没有水喝。有些人带着奶油和面包，但却不给其他人吃，因为他们想：别人饿肚子的样子被公主看到，公主就不喜欢他们了。"

"可是凯里呢？凯里怎么样了？"安格说，"你在那些人里看到过他吗？什么时候？"

"你别急，我现在就要说凯里。有一天，宫殿里来了一个

男孩，他没有骑马，甚至连马车都没有，就这样来到宫殿。他的眼睛和你一样闪着光，头发卷卷的，衣服却很旧。"

"那一定是凯里！"安格高兴极了，"我找到凯里了！"她欢呼着。

"他的背有点儿驼。"乌鸦说。

"那就是他！因为凯里带着雪橇啊！他是和雪橇一起离开的。"安格说。

"没错，那可能是凯里。"乌鸦说，"这些我都没有看到，是我爱人告诉我的。他来到宫殿，见到士兵和公主一点儿也不害怕，只是说这里太无聊了，想进宫殿里看看。"

"宫殿里富丽堂皇，大臣和仆人穿着昂贵的鞋子，走路都没有声音。气氛多么紧张啊！只有他走路的时候发出奇怪的声音，可他完全不在乎！"乌鸦说。

"这个人就是凯里！"安格说，"我知道他有这样的鞋子，是奶奶给他做的，走路的时候会发出声音。"

"鞋子的声音非常响亮！"乌鸦说，"可他一点儿也不害怕，直接走到了公主面前。公主坐在镶满珍珠的椅子上，那些大臣和仆人都围在她的身边。多么的神气呀！"

"听上去真吓人！那么凯里和公主结婚了吗？"安格问。

"我的爱人告诉我，凯里很活泼，也非常聪明。他说，他并不想和公主结婚，他只是听说了公主拥有聪明过人的智慧，特地过来看看她。可公主一看到他，就立即爱上他了。"

"我相信你，那个人一定是凯里。"安格说，"我知道凯里很聪明，他的数学很棒！你能带我去宫殿吗？"

"我办不到。"乌鸦说，"怎么办才好呢？我去问问我的爱人吧，它应该会有办法的，因为像你这么小的女孩，是没有办法走进宫殿的！"

"我无论如何都要进去！"安格说，"如果凯里知道我来了，他会来找我的。"

"你去前面那棵大树下等我回来。"乌鸦对安格说，然后拍着翅膀飞走了，一直到了晚上才回来。

"安格！安格！我把你的事情告诉了我的爱人！"乌鸦说，"它向你问好！并且要我把这个面包拿给你，这是它从厨房里找来的。你不能去宫殿，那些士兵会赶你出来，不过你别哭，我们会有办法的！我的爱人在宫殿的后面找到了一条通

道，从那里可以走进宫殿，它能拿来钥匙！"

等到宫殿的灯全部熄灭后，她们悄悄走了进来，乌鸦带着安格来到宫殿的后面。安格多么想见到凯里啊！可她又怕被士兵发现，心脏跳得飞快。她犹豫着，那个人到底是不是凯里？如果不是该怎么办？可乌鸦说得并没有错啊！明亮的眼睛和卷发，那个人会是凯里的！是那个坐在玫瑰花旁微笑的凯里，如果他知道自己来看他了，也会很开心的，她会告诉他奶奶的事情。

乌鸦和安格来到了宫殿的后面，墙上亮着一盏灯，有一只乌鸦正站在上面看着安格。这时安格想起奶奶的话，对乌鸦鞠了一躬。

"你的事情我都知道了，可怜的安格，我会帮助你的。"它说，"你在后面跟着我，拿着灯，没有人会发现我们的，这里很安全。"

他们走过很多漂亮的房间，来到了公主的卧室里。两张巨大的床摆在中央，床头放着百合花。公主躺在白色的床上，还有一张红色的床，安格想："凯里一定在那里。"

安格走近两张床，看到了卷卷的头发，她非常高兴："这一定是凯里啊！"她呼唤着凯里的名字，然后用灯照着他。

床上的青年醒过来了，他转过头看着安格，这时安格发现，这个人并不是凯里！只是他们的头发很像！公主也被吵醒了，她立刻问："你是谁？"

没有找到凯里，安格放声大哭，她如实地告诉了公主关于凯里的事情，还有她辛苦寻找的经过以及乌鸦们热情的帮助。

公主非常同情安格："我可怜的孩子！"公主说着，还称赞了两只乌鸦的热心，说她并不会责怪它们，可希望它们以后不要再做出这种事情，这次她会给它们奖励的。

"你们打算一起离开这里，还是继续留下来？"公主问。

两只乌鸦恭敬地对公主说："我们想留在宫殿里为您做事，等我们老了以后有房子住就可以了。"

公主带安格来到一间卧室，让她先休息。安格心想："乌鸦和公主都是好人！"

到了早上，安格穿上了崭新的衣裙。公主希望她可以留在宫殿里，可安格却对公主说："可以给我一匹马，还有一辆马车吗？我想继续寻找凯里。"

公主同意了，她还送给安格一副温暖的手套和一双漂亮的鞋子，希望她能暖和点儿。等安格要离开的时候，门前停着一辆黄金马车，上面还有一位车夫。

公主和王子亲自出来送别安格，并祝福她早日找到心爱的凯里。

两只帮助过安格的乌鸦已经结婚了，有一只特地赶过来与安格道别，另一只因为生病没有来。

黄金马车在路上奔跑着，离宫殿越来越远了，不久，安格和她的马车走进了一片黑暗的森林。借助黄金马车发出的光芒，安格能看清周围的一切，更别说前方的路了。可这辆黄金马车被强盗们看到了，他们突然冒出来，跑到马车前，拦下马车，大声喊道："快看！这辆车是黄金做成的！"

马车被团团围住了，安格也被抓了起来。

这时，强盗的女儿走出来，说："你们把她交给我吧，我要让她和我一起玩儿！你看她的手套和衣服多漂亮，我们可以一起睡觉。"

她和安格一样大，却比安格高，有着黑色的眼睛和头发。她抱着安格说："他们不会把你怎么样的，只要你不逃跑。你是公主吗？"

"我不是公主！"安格说，然后把关于凯里的事情也告诉了她，并表达了对凯里的爱意。

强盗的女儿点了点头，她用手帕擦掉安格的泪水，然后把自己的手也伸进安格的手套里。两个人来到了强盗的家，这是她们休息的地方。

屋子旁放着一百只木头做的鸽子，它们闭着眼睛，像是睡着了。安格和强盗的女儿走进来时，它们的身子动了动。门前还站着一只驯鹿，是强盗的女儿养的，她经常和它玩儿。

"咕咕！"鸽子发出了声音，"我们见过凯里！他坐在白色的雪橇上，被白色的大鸟带着离开了，雪橇上还有白雪王后！就从那片森林滑过！"鸽子说："我们那时还是小鸽子，躺在温暖的巢里，白雪王后对我们呼出一口气，其他鸽子都死了，只剩我们了！"

"你们说看到了凯里？"安格大叫，"白雪王后是谁？在哪儿？你们能告诉我吗？"

"应该是在拉普兰，那里一年四季都很冷，每天都在下雪，你去问驯鹿吧！"

"没错，拉普兰的雪非常漂亮！"驯鹿说，"那里有高高的山，还有白雪王后的宫殿，那是一座非常庞大、华丽的宫殿！它在最边缘的岛上！"

"安静点儿！"强盗的女儿说。

到了早上，安格对强盗的女儿说："我想，鸽子和驯鹿知道凯里在哪儿！"

强盗的女儿问驯鹿："你知道拉普兰是什么地方吗？"

"我当然知道！没人像我一样知道！"驯鹿说，眼神中满是骄傲，"我就是在那儿出生，在那儿长大的啊！"

"你看到了吗，安格？"强盗的女儿说，"这里的强盗都走了，我的母亲稍后就会休息，我会在那时让你离开的。"

等强盗头子的夫人睡着后，她的女儿告诉驯鹿："我可以让你离开，让你获得自由。你去拉普兰吧！可是要带上安格，去白雪王后那里，找她的伙伴。"

驯鹿开心得跑来跑去。强盗的女儿将安格抱到驯鹿的背上，又拿出了马鞍，防止安格掉下来。

"把你的靴子穿上吧，路上会很冷的。"她说，"你漂亮的手套留给我，我特别喜欢。我把母亲的皮手套送给你，它可以戴到胳膊上，这样你就不怕冷了！给你！"

安格很感动，抱着她哭了起来。

"别哭了，快去找你的伙伴吧！"强盗的女儿对她说，"你应该笑一笑。这些面包和香肠你带好，肚子饿的时候可以吃掉它们。"

她将大门打开，把看门的狗都赶到一边，又拿出长刀砍断了驯鹿的绳子，说："快点儿离开吧！你们一路上要小心！注意安全！"

安格对她说了声再见，然后不停地挥舞着双手离开了。

驯鹿跑得飞快，很快森林就看不见了。它在路上奔跑着，耳边有鸟儿在叫，天空被夕阳染成了红色。

"我最喜欢北极光了，它们多美啊！"驯鹿说。

它跑得越来越快了，就连晚上也不休息。没过多久，它们带的食物就吃光了，拉普兰也近在眼前。

驯鹿停在一个小屋子前，那是一间极其矮小的屋子，安格要弯着身子才能走进去。

有一位拉普兰的老奶奶坐在炉子旁烤着鱼，驯鹿和她聊着自己的事情，一点儿也没有提到安格，因为它觉得安格的事情没有它的重要。安格坐在一旁，因为太冷了，她几乎冻得说不出话来。

"你们真是太可怜了。"老奶奶说，"白雪王后住的地方离这儿还很远呢，她住在芬兰。到晚上的时候她就会点火，发出光芒。这张鱼皮送给你，我会在上面写字，因为我没有纸。你把它交给一个芬兰女人，她会告诉你更详细的情况。"

安格吃了点儿东西，喝过水，就不觉得冷了。老奶奶在鱼皮上写了字送给安格，要她好好保管。安格把鱼皮挂在驯鹿的角上，离开了这里。

北极光照亮了夜晚，驯鹿带着安格来到芬兰女人的家，可看不到房门，她只能敲了敲烟囱。随后，她们从烟囱里钻了进去。

房子里很温暖，芬兰女人只穿了一件薄衣服。她把安格的大衣脱下来，又把冰块放在驯鹿的身上，开始读鱼皮上的字。她读了很多遍，直到记住了所有的话，才把鱼皮扔进锅中，因为她太饿了，需要吃点儿东西。

随后驯鹿讲述了自己的故事，安格也说了她的故事，芬兰女人只是看着她们，并不说话。

"我相信你会有办法的。"驯鹿说，"你能帮助安格吗？给她点儿喝的东西，让她拥有十几个男人的力量，这样就可以战胜白雪王后了。"

"就算有十几个男人的力量也不可能。"芬兰女人说话了，"凯里的确和白雪王后在一起，他很喜欢现在的生活，也觉得和白雪王后生活很开心。因为凯里的眼睛和心中都有镜子的碎片，要是这些碎片不消失，他就必须永远和白雪王后在一起了。"

"那我们到底能做些什么，才能让凯里离开白雪王后呢？"驯鹿问。

"我没办法给她什么，也不能帮她，她身上已经有足够的力量了。你不明白吧？她光着脚走了那么多的路，人类和动物都给了她很多的帮助，这就是安格的力量。她是个纯洁善良的女孩，如果她自己没办法打败王后，取出凯里身上的碎片，我们又会有什么办法呢？走吧！不远处就是王后的花园了，你带安格去那里，找到红草莓丛，然后你就回来。"芬兰女人说。

然后她将安格抱到驯鹿的背上，驯鹿立刻奔跑起来。

"我的手套和衣服还在屋子里！"安格叫喊着，风是多么寒冷。可驯鹿根本不敢停，一直跑到草莓丛边，才放下安格。它亲吻安格的脸颊，落下了大滴的眼泪，转身离开了。安格穿着单薄的衣服站在雪地里，冷得浑身发抖。

她只能奔跑，雪花落在她的身上和脸上，全部融化了。她继续朝着白雪王后的宫殿跑去。

那么凯里在做什么？他已经完全忘记了安格，无论如何也没有想到，安格已经找到这里来了。

白雪王后的宫殿是用雪做成的，门和窗子是用冰块做成的。无数的雪花将宫殿照亮，可里面什么都没有，显得空荡荡的。

宫殿的中心还有一个结了冰的湖泊，里面所有的冰块都是一个模样。白雪王后经常来这里坐一坐。

凯里就住在这里，因为寒冷他的皮肤已经变得又黑又紫，可他已经没有感觉了。因为白雪王后的亲吻让他失去了所有的感觉，他的心脏也像冰块一样冰冷。

他坐在那些堆在一起的冰块上，不停拼凑着。因为眼中有碎片的原因，他认为这些冰块是最漂亮的东西，每天都在摆弄着，想用它们拼成"爱"字。

白雪王后告诉过凯里："如果你能用冰块拼出'爱'字来，就会拥有一切，我会送给你新的雪橇，你也就成为自己的主人了。"

可凯里怎样都拼不出"爱"字来。

"我要离开了，要去很远的、到处都是阳光的国家了。"白雪王后说，"在离开前，我要在火山上撒满白雪，这样柠檬和葡萄会长得更好。"

白雪王后离开了，偌大的宫殿里只剩下凯里一个人。他总是一动不动地坐在那里，好像冻僵了似的。虽然他还活着，可已经忘记了一切，甚至忘记了寒冷的感觉。

安格走了进来，她看到了空荡荡的宫殿。风停了，雪也不见了，像是都睡着了。

她很快看到了凯里，尖叫着向他跑过去，将他抱在怀中："我的凯里！我找到你了！凯里！"

可凯里却没有动，好像已经听不到安格的话了，他的身子像冰一样冷。安格非常伤心，大声哭了起来，温暖的眼泪落在凯里的皮肤上，掉落在他的胸上，凯里心中的镜子碎片也因此融化。他抬头看着安格，也哭了出来，流下眼泪，眼中的镜子碎片全部掉了出来。

他看到了安格，大声哭喊："你是我亲爱的安格！我很久没见到你了！你去哪儿了？这又是什么地方？"

凯里看着宫殿，说："这个地方太恐怖了！又冷又空！"他紧紧抱住安格，两个人都哭了起来，他们因再度重逢而感到幸福。宫殿中的雪花和寒冰也被他们感动了，欢快地跳着舞，然后渐渐拼成了一个"爱"字。

白雪王后曾对凯里说过，要是他能拼出这个字，就会拥有一切，拥有新的雪橇，也可以成为自己的主人。安格亲吻着凯里，他的脸蛋儿红红的，两个人的眼睛都是那么明亮，散发出美丽的光彩。凯里的双手双脚也恢复了知觉。

白雪王后很快就要回来了，他们要快点儿离开。宫殿中央那个用冰雪拼成的"爱"字十分醒目。

他们牵着手走出了宫殿，不停地奔跑着，说着奶奶的故事，想起了他们种的玫瑰。太阳出来了，温暖的光芒照在身上，暖烘烘的。

驯鹿已等在草莓丛边，它将两个孩子带回到芬兰女人的家中，让他们在屋中取暖，并向女人询问回家的方向。

驯鹿又带着他们回到了拉普兰，找到老奶奶的房子。凯里和安格穿上了新衣服，雪橇也修好了，两个人被驯鹿一直带到了开满鲜花的地方，才依依告别。

凯里和安格来到了森林里，花草树木吐出了绿芽。突然，

一位少女骑着漂亮的白马走了过来，安格认出了那匹白马，那
是驾驶黄金马车的马，坐在上面的少女戴着好看的红帽，腰上
还佩着枪。

　　"强盗的女儿！"安格叫喊道。

　　原来强盗的女儿在家中觉得无聊，便出来走一走，她也认

出了安格。

"你真是个好朋友！"强盗的女儿对凯里说，"告诉我，你能和我一起去世界各地玩儿吗？"

安格拍了拍她的肩膀，问："你知道王子和公主怎么样了吗？"

"他们离开了宫殿，去旅行了。"强盗的女儿说。

"还有乌鸦，它们怎么样了？"安格问。

"它已经死了，乌鸦的妻子变成了寡妇。"她回答，"现在请你告诉我，你是怎样找到凯里的？"

于是，安格告诉了她事情的经过。

"这真是太好了！"强盗的女儿欢呼着，并和他们拥抱着道别，还承诺要是她去了城里，就会找他们玩儿。

和强盗的女儿道别后，凯里和安格回家了。他们看到了奶奶，四周都没有变化，可当两个人走到门前的时候却发现，他们的个子都长高了。

盒子里的玫瑰已经绽放，因为夏天来了。

白　雪

从前，有一个叫作伊凡的农民，他和妻子安娜过着快乐的日子。虽然夫妻俩的生活过得很幸福，可他们也有一个烦恼——他们的年龄很大了，却没有自己的孩子。身边的朋友都有了很多孩子，他们非常羡慕。

到了冬天，天气变冷了，还下起了一场大雪。看到雪花，孩子们都非常开心，跑到外面堆雪人。伊凡夫妻坐在屋子里，看着孩子们的笑容和他们堆出的雪人，非常高兴。

突然，伊凡对妻子说："我们可以用白雪做出自己的孩子啊！"

"我也这么认为。"安娜赞同地说，"就当它是我们真正的孩子。"

"这真是太棒了，我们现在就去做吧。"伊凡说着，穿好衣服，和安娜走出了屋子。

两个人走到雪堆前，打算用最干净的雪花堆出一个孩子。

有人问："你们在做什么？"

"你认为呢？"伊凡开玩笑地说。

"我们用雪花做了一个孩子！"安娜说。

没过多久，雪孩子就做好了，伊凡不停地摆弄着它的脸蛋儿。夫妻二人开心地看着自己的作品，却突然看到雪孩子对他们眨了眨眼睛，并发出了清脆的笑声。

"天啊！真不敢相信！"伊凡大喊，"是我看错了？雪人会笑吗？"

雪人看着伊凡，双手也动了起来，它甚至朝着夫妻二人走了过来。

"你看啊！伊凡！它真的动了！"安娜兴奋地大叫，"好运终于降临到我们身上了！我们有孩子了！我们叫它'白雪'怎么样？"

说着，他们跑过去紧紧抱住白雪，拼命亲吻它的脸颊。

这时，白雪身上的雪花一点点地掉落，它变成了一个可爱的小女孩。

"白雪！我们亲爱的孩子！"安娜带着她回到了家中。

白雪很快长大了，只过了一天，她就长成了美丽的少女，整个村子里的女孩儿都没有她漂亮。伊凡夫妻高兴坏了，因为他们的愿望实现了。

村里的孩子也很喜欢白雪，经常围在她的身边和她说话、玩游戏。白雪不仅漂亮，还很聪明，她很快学会了唱歌，也学会了跳舞。安娜给她买来新裙子，把她打扮得像天使一样。

"她看起来已经有十三岁了！"大家都这样说。

渐渐地，冬天过去了，春天到来了，整个世界都变得那么温暖。绿草发芽了，花朵也即将开放，所有的孩子都聚在一起玩耍，大声唱着："我们的春天啊！你从哪里来？你带来了阳光和欢乐！"

白雪坐在窗前，很久都没有说话，她看起来很难过。

"我的孩子，你怎么了？是不是不高兴？发生了什么？"安娜问。

"妈妈，我很好，不用担心。"白雪说。

天气越来越好，阳光越来越暖，所有的积雪都融化了，成群的鸟儿在树上唱歌，大家都很快乐，只有白雪整天坐在窗前闷闷不乐。她不再和村里的孩子一起玩耍，甚至躲在屋子里，钻进柜子里，什么也不说，只有到了晚上，或寒冷阴暗的天气，她才会开心地走出屋子，蹦跳着，舞蹈着，可当太阳再次出现的时候，白雪又会回到屋子的角落里。

她是那么的悲伤，直到春天也离开，夏天到来。孩子们都很喜欢夏天，他们在草地上围成一团，讲故事，唱歌跳舞。

有孩子来找白雪，他们对安娜说："白雪在哪儿？让我们一起玩儿吧！"

安娜不知道怎么回答，她很担心白雪，白雪也只想待在屋子里，他们都不明白这到底是为什么。

看着悲伤的孩子，安娜只能说："亲爱的白雪，你出去玩儿吧！和他们一起唱歌。"又对那些孩子说："你们要照顾好白雪。"

孩子们说："请您放心，我们也很喜欢她。"

于是，他们带着白雪离开了屋子，来到满是阳光的草地上继续游戏。他们采下最漂亮的花朵戴在白雪的头上。

夜晚来临了，孩子们找来干草点燃，他们坐在火堆前说说笑笑，只有白雪躲在最远的地方。

"你在做什么？快来这里！"有个孩子对白雪说，"火光多么温暖啊！"

白雪走到了火光前，和孩子们一起唱歌。可没过多久，他们突然听到一声尖叫，发现白雪不见了。

"白雪，你在哪儿？你怎么不见了？"孩子们大声呼喊着。

"她一定是先回家了，她看起来并不高兴！"有人说。

"没错！她先回家了！"大家都这样说。

可白雪再也没有出现过，每个人都在寻找她，他们找遍了村子的每一个角落，却还是没有发现白雪的身影。伊凡夫妇非常伤心，到处叫着白雪的名字，希望她可以再次出现，有时他们会听到白雪的回答，可却不知道她在哪里。

所有的人都在猜测，她大概是迷路了，也有可能是被飞鸟带走了，总之已经离开了这里。

事实是，白雪并没有迷路，也没有被飞鸟带走。她坐在火光旁的时候就已经融化了，再也不会回来了。

凯丽和她的命运神

　　从前，有一位富有的商人，他的金子比国王的都多。除了用不完的金子外，他的家中还放着三把椅子，第一把是金子做的，第二把是用银制作的，第三把则是钻石做成的。

　　这么珍贵的椅子也比不过商人的女儿，在他看来，这个世界上，只有他的女儿凯丽才是最珍贵的人。

　　凯丽是一位美丽的少女，她心地善良，不仅商人宠爱她，身边所有的人都喜欢她。凯丽就这样在大家的呵护中长大了。

　　一天早上，凯丽正在房间吃饭。她的房门被人推开了，走进来一位高挑的女人，她的手中拿着一个风车。

　　女人走到凯丽的身边，笑着问："凯丽，现在你要做一个选择。你是想要前半生快乐，还是想要后半生快乐呢？"

　　听到这个突如其来的问题，凯丽呆住了，她根本想不出答案。那个女人继续问她："你是想要前半生快乐，还是后半生快乐？"

凯丽想了很久，说："我想要前半生快乐，之后再痛苦。不对！还是让我现在吃苦吧，那么以后的日子就不用怕了，对吧？"凯丽又想了想，坚定地回答："我想要后半生幸福！"

　　"这是你的决定，你不要忘记。"说完，女人手中的风车就转动起来，眨眼的工夫，她就消失了。

　　这个女人就是决定凯丽命运的女神，当然，她决定着凯丽的命运。

　　没想到几天后，厄运来临了，凯丽和她的父亲得知，他们所有的货船和货车因遭遇灾难，全部失去了，世界上最富有的商人陡然变得一无所有。商人无法接受这个残酷的事实，病倒在床上，很快就离开了人世。

　　失去了父亲的陪伴，凯丽一个人孤独地生活着。她既没有亲人，也没有钱和面包，甚至没人想要帮助她。可凯丽是个坚强的女孩，她认为好运一定在后面，只要她有活下去的勇气。她想了想，认为现在首要任务是去找一份工作。于是，她决定去附近的城镇做仆人。

　　有了这样的想法后，凯丽丝毫没有犹豫，立刻动身去城里寻找工作。

　　她走在城里宽阔的马路上，有一位穿着漂亮裙子的女人看到她悲伤的面孔，问道："这位姑娘，你怎么了？发生什么事了吗？"

　　"我敬爱的女士。"凯丽鞠躬道，"我实在是太穷了，现在要找份工作，才能吃到面包！"

　　"我可以给你一份工作。"女士对她说，"你来做我的用人吧。"

　　凯丽答应了她，并且每天都努力工作，不仅将屋子打扫得干干净净，还能见机行事，女主人对她非常满意。

　　过了一段时间后，女士要出远门，临走时告诉凯丽："我要出远门，你留在家中，一定要当心小偷。"

　　女士离开后，凯丽继续整理房间。就在这时，房间的门突然打开了，凯丽的命运女神出现在她的面前。

　　"凯丽，你怎么会在这里？你忘记自己的选择了吗？你现在的生活不应该如此安宁！"命运女神一边说，一边弄乱了女士的家，把衣柜里的衣服都撕成了碎片，还打破了窗户，弄脏了墙壁。

　　凯丽掩住脸大声哭泣，说："我的主人回来后看到这样的房子，会怎样责怪我啊？她一定会认为是我做的！"说完，凯丽害怕地跑出房间，不敢再回来了。

　　命运女神看着凯丽离开后，很快用自己的魔法将屋子恢复成原来的样子，然后走出了这个家。

　　没过多久，女士回到家中，却看不见凯丽的影子，她想："难道她偷了我的东西逃走了？"想到这里，她开始在房子里找来找去，却没有发现有什么东西丢失了。那么凯丽为什么会不见了？女士并不明白发生了什么，她四处寻找凯丽，却再也找不到她了，只能重新雇了一个女佣。

　　失去工作后，凯丽不知道该怎样生活下去，只能孤零零地四处游走，不久，她来到了另一个城市。这时，又有一位漂亮的女士站在门前和她说话："这位姑娘，你要去哪儿啊？为什么孤身一人呢？"

　　凯丽说："我没有地方去，我太穷了，需要一份工作来养活自己。"

"你来为我工作吧！"这位女士说。

凯丽依然努力地工作，再一次得到了这位女士的赏识。她每天都在祈祷，希望以后的日子也可以像现在这样安宁。

可突然有一天，凯丽的命运女神又出现了，她生气地说："凯丽，你为什么会在这里？我不会让你快乐的！"她再次弄乱了这位女士的屋子，凯丽没有办法，只得再次哭着逃走。

这样的日子过了很多年，只要凯丽找到了合适的工作，她的命运女神就会来捣乱。

又过了几年的时间，命运女神很少出现在凯丽的面前了，她好像已经忘记了凯丽的存在，这让她的生活逐渐变得安宁起来。凯丽的新主人说："你每天的工作就是爬到最高的山上，拿着新鲜的面包，大叫三声'我尊敬的命运之神啊！'然后，我的命运之神会来拿走面包。"

凯丽说："我喜欢这份工作。"

之后很长一段时间里，凯丽一直在做这份工作，每天都带着新鲜面包去见主人的命运之神，她感到很快乐。很多时候，凯丽会想起曾经的日子，想起做女佣时的主人们，会忍不住哭泣。一天，主人看到了悲伤的凯丽，就问她："你为什么哭泣？告诉我吧！"

凯丽和她说了自己的事情。主人听后对她说："我有办法了，明天你拿起面包的时候，就向我的命运神祈祷，让她去寻找你的命运女神，给你快乐的生活。"

听着主人的话，凯丽点了点头。第二天，她拿着面包爬到了山顶，向命运女神哭泣："我尊敬的神，可不可以让我解

脱？请帮我向我的神传达吧！"

命运神说："你真的很可怜！让我告诉你，你的命运神正在睡觉呢，你说什么她也听不见。你明天再来这里，我会让你见到她的，请你放心。"

凯丽离开后，命运神找到她的妹妹，说："我的妹妹，凯丽已经够可怜了！你应该给她一些好运了！"

妹妹说："好吧，明天你带她过来，我会给她一些好的东西，解除她的厄运。"

到了第二天，凯丽带着面包很早就来到了山顶，主人的命运神带她离开了这里，去找凯丽的命运女神。找到她时，她还躺在床上，睡得正香呢！

命运女神拿出一团丝线递给凯丽，对她说："拿着它吧，孩子！你会用到它的！"然后，她继续睡觉。

只得到了一团丝线的凯丽，失望地回到了主人的家，并且将它拿给主人看。

她说："难道这就是我的幸运物吗？它看起来根本不值钱啊！我要它有什么用呢？"

"别这样说。"女主人说，"它会有用的，好好留着吧。"

几天之后，这个国家的国王要举行隆重的婚礼，所有的裁缝都忙着为国王缝制结婚礼服。国王的礼服是世界上最精美、最华丽的，用料十分讲究。可是，礼服制作的最后一天，裁缝发现丝线不够了！这是世界上最珍贵的丝线，非常难找到，如果找不到丝线，礼服将无法完成。国王立即颁发公告："如果谁能找到这种丝线，我就重重奖赏他！"

女主人从外面回来，叫着凯丽的名字："天啊！凯丽！我刚才在宫殿看到了国王的婚服，你的那团丝线，就是国王需要的！你快去找国王，他会给你任何你想要的东西！"

凯丽听了很高兴，她穿上漂亮的衣服赶去宫殿，此时的她比任何一个女孩都要美丽。

"国王，这是您要的丝线。"她对国王说，"这就是你婚服上所缺少的那种色彩。"

"我的国王啊！"大臣说话了，"我们应该给她奖赏，给她和丝线一样重的黄金吧！"

国王觉得这个想法很好，他们找来了天平，一边放上丝线，一边放上黄金。可奇怪的事情发生了，无数的黄金放在上面，也比不过那团丝线。国王只能找来更大的天平，放上他所

有的黄金，可还是丝线重。最后，国王想到了头上的王冠，他拿下王冠，放在天平上，终于平衡了。

国王吃惊极了："你从哪里得到这团丝线的？"

"国王，这是我的女主人送我的。"凯丽说。

"你在说谎，告诉我实情。"国王说。

凯丽只好说出了她的经历，并说她的父亲曾经比国王还要富有。这时，宫殿中的一位女人走了出来，她是最有智慧的人。听了凯丽的故事后，她说："可怜的姑娘，你受了多少折磨啊！你的丝线告诉我们，你应该成为这个国家的王后。"

"我也是这样认为的。"国王说，"从现在开始，你就是我的王后，你是那么的美丽，我简直想不出用什么词语来形容！我们马上举行婚礼，我发誓只会爱你一个人。"

故事到此完满结束了。凯丽嫁给了国王，成了婚礼上的女主角，从此和国王过着幸福富足的日子。而之前那位新娘，被国王送回了她原来的国家。

生命之泉

很久以前，有三个兄弟带着他们的妹妹住在一间小屋子里。兄妹们从小一起长大，有着很深的感情。一天，大哥突然找来弟弟和妹妹，对他们说："我们已经长大了，要各自出去工作了！说不定，我们能变成有钱人！到时候，还能盖一座宫殿呢！"

弟弟妹妹们听了很高兴，说："没错！我们要去工作了！"

就这样，他们都出去找工作了。找到工作后，他们非常努力地工作着，不久就变成了富有的人，并真的盖出了一座华丽的宫殿。很多人知道了这件事，都来参观这座华丽的宫殿，看到的人都在赞叹："这真是精美绝伦的宫殿啊！"没有人能说出它有哪里不好。

突然有一天，一位老婆婆来看这座宫殿。她看完了所有的房间后，突然说："你们说得对，这是一座完美的宫殿！可还是少了点儿什么。"

"缺什么呢？"他们惊奇地问。

"我没有看到教堂。"老人说。

老人说得很有道理，宫殿中怎么能没有教堂呢？于是他们继续努力工作，变得更加富有，得到了更多的金子，很快就盖出了一个和宫殿一样完美的教堂。

更多的人来参观这个美丽的地方。这些人在看到宫殿和教堂后，都会大声赞叹："多么迷人的景色啊！这里真是最美的地方！"

这天，三兄弟正陪着客人参观宫殿和教堂，又来了一位老人。老人说："的确很好，可还是少了点儿东西。"

"少了什么呢？"他们连忙追问。

"要一罐生命之泉的泉水就完美了！"老人说，"还有茂盛的大树，它要一年四季都开满花朵，散发着香气，最后你们还需要能说话的鸟。"

"可是，这些东西都在哪里？"他们问。

老人说："在非常遥远的山顶，你们去那里看看吧！"

说完，老人点头向他们告别，离开了这里。大哥告诉弟弟妹妹们："现在我要去寻找那些东西了。"

"如果有什么意外发生，那该怎么办？"妹妹说。

"没错！有意外怎么办呢？"大哥说，"这点我怎么没有想到？"

于是，弟弟和妹妹们重新找到老人，问道："我们的哥哥要去寻找生命之泉的泉水、茂盛的树和神奇的鸟了，只有有了这些东西，我们的宫殿和教堂才算完美。可如果发生了意外怎么办？"

老人听后，拿出一把刀送给他们，并说："你们拿好这把刀，如果它一直这么干净，那么就不会发生什么不幸的事！可刀子要是变成红色，你们就会遭遇不幸！"

向老人道了谢，他们重新回到了宫殿，这时大哥已经离开了，他发誓一定要找到那三件东西。

他走了很远的路，突然碰到了一个巨人。

"您好，可以告诉我还要多久我才能走到那座山吗？"

"你为什么要去那儿呀？"巨人问。

"听说那座山上有生命之泉的泉水、茂盛的树和神奇的鸟。"大哥说。

"想要找到这些的可不止你一个人，但他们都没能回来。如果你按照我说的方法去做，或许能成功。"巨人说。

"请问是什么方法呢？"

"从这里继续向前走，一直走到那座山。山上到处都是石头，你别管那些石头，继续向前走，就算听到有人在嘲笑你——当然，嘲笑声其实都来自这些石头，你一定要装作没有听到，更不能转身去看，否则你也会变成石头！就这样，你走到山顶，就能找到你想要的东西了。"

大哥向巨人再三道谢，随后出发了。他走到了那座山前，果然听到石头在嘲笑他。刚开始的时候，他装作没有听到，可那些声音却越来越大。大哥很生气，干脆转身想要痛骂它们一顿。可就在他转身的一瞬间，整个人也慢慢变成了石头，再也不能动弹了。

妹妹在家非常焦急，她想："为什么大哥还没有回来？"于是她找到老人给她的刀，发现刀竟然变成了红色！她连忙叫来两个哥哥，说："大哥一定出事了！"

二哥说："我去找大哥。"然后，他收拾东西出发了。

他走了很久，同样碰到了那个巨人，就上前问他，有没有看到大哥从这里经过。

"没错！我看到过！可他没有回来，一定是变成石头了。"

"我要怎么做才能让他回来呢？还有，怎样才能拿回那三件东西？"二哥问。

"你一直走到山下，在爬山的时候石头会大声嘲笑你，你装作没有听到继续走。如果你理睬了那些石头，也会和你大哥一样变成石头。如果你顺利到达山顶，就会得到你想要的一切。"巨人说。

二哥道谢后，朝着前面的那座山走去。刚走到山下，他就听到那些石头在大声嘲笑他。他好像没有听到一样，专心地爬山，直到经过大哥变成的石头时，听到大哥也在嘲笑自己。

听到大哥的声音，二哥忍不住回头看了一眼，就这样，他也变成了石头。

在家中等待的妹妹很焦急，每天都拿出刀子来看。前几天，刀子很干净，这表示二哥还很安全。可一天晚上，她再次拿出刀子看的时候，发现刀子竟然变成了红色！她立刻拿给三哥看。

"天啊！他们一定是出了意外！"三哥说，"现在我要去找他们。"

三哥走了很久，同样碰到了那个巨人。他问："你好，请问你看到过我的两个哥哥吗？他们要去那座山上。"

"没错，我看到了。"巨人说，"他们到现在也没回来，应该都变成了石头。"

"请告诉我，我要怎样做才能救他们，同时得到我想要的东西。"

"你走到那座山下，一直爬到山顶。中途那些石头会大声嘲笑你，你不要理睬，装作没有听到，只要到了山顶就能得到一切。"巨人说。

三哥道谢后也走到了山下，他果然听到了石头的嘲笑。可他记住了巨人的话，不理睬也不回头，很快爬到了山顶。想要的东西就在眼前，三哥兴奋地伸出手来，这时却突然听到两个哥哥的呼喊声。他连忙回头去看，一瞬间，也变成了石头。

宫殿中只剩下小妹一人了，她每天都看着那把刀，有一天，刀子再次变成了红色！她知道三哥一定也遇到了危险，于是非常担心，心想："现在我要去找他们了！"

她走了很久，看到了高个子的巨人，问道："你好，请问你看到过我的三个哥哥吗？"

巨人说："他们去了那座山上，都没有回来，一定是变成了石头。"

"请告诉我应该怎么做才能救出他们，同时得到我想要的东西？"小妹问。

巨人说："你爬山的时候，那些石头会大声嘲笑你，只要你装作什么都没听到，不要回头，爬到山顶就可以了。"

小妹道谢后，一路走到山下，果然也听到了石头的嘲讽声，可她记住了巨人的话，一次也没有回头，就这样爬到了山顶。快到山顶的时候，嘲讽的声音更大了，甚至还有三个哥哥的声音，可小妹仍然没有回头，一直走到了山顶。

　　果然像老人所说的那样，山上真的有生命之泉的泉水，小妹拿出罐子装满泉水。这时，一只鸟站在茂盛的树枝上说话了，她捉住鸟，折下那根树枝离开了。

　　得到这些东西后，小妹开心极了。她朝着山下走去，可手中的东西太沉了，罐子里的泉水不小心洒了出来，落在那些石头上，石头竟然变成了青年和少女！他们一一向小妹道谢，感谢她救了他们。

　　原来泉水可以破解石头的魔法。想到这里，小妹立刻拿出

罐子里的泉水，洒在每一颗石头上。所有人都变回了原来的样子，包括她的三个哥哥，他们和小妹一起离开了这座山。

她带着这些东西回到了宫殿，将树枝种在院子里，用泉水灌溉，它立刻变成了茂盛的大树，还开满了美丽的花朵，鸟站在树枝上歌唱。

很多人都听说了这件事，他们跑来宫殿欣赏这些宝物，还有美丽可爱的小妹。就连王子也来了，他看到小妹后，被她的勇敢和智慧所打动，并连声称赞这座宫殿的美丽和宝物的珍贵。王子回去后和自己的父母讲了这个故事，并说想要和小妹结婚，国王与王后十分高兴，同意了他的请求。

小妹和王子就在宫殿旁的教堂举行了隆重的婚礼，随后王子带着小妹回到自己的宫殿，过上了幸福快乐的日子。

心 鸟

　　古时候，有七个兄弟住在森林里。在他们很小的时候，父母就先后去世了，他们每天都要外出打猎，以此维持生活。兄弟们都很懒惰，不喜欢工作，就这样在森林里生活了很久。突然有一天，他们有了一个共同的想法——想要找一位美丽的姑娘结婚。

　　森林里根本找不到结婚的对象，这让他们非常苦恼，这时，六个哥哥对小弟说："我们要出去找可以结婚的少女，你留在家中，我们也会给你带来一个美丽的少女的！"

　　小弟听了很高兴，他相信哥哥们。不久，六兄弟就离开了森林。

　　他们走了很远的路，突然看到有一座小木屋，门前站着一位老人。看到六个兄弟，老人走上前去问："孩子们，你们这是要去哪里？"

　　"我们要找世界上最漂亮的姑娘做新娘！"他们说，"我们的小弟也需要。"

"天啊！我每天都自己生活在这里，太孤单了，你们也给我带一个新娘回来吧。"老人说，"要最年轻最漂亮的！"

六兄弟都认为，老人已经太老了，年轻的姑娘和他结婚也太可惜了，可又不好意思拒绝老人的请求，只能假装答应，然后离开了。

他们又走了很远的路，来到一座木屋前，屋里面刚好住着七个漂亮的少女。六兄弟非常高兴，他们立即向她们求婚，少女们也立即答应了。六兄弟各自挑选好自己的新娘，最后一位留给了小弟，然后就带着新娘们一起回家了。回来的路上，他们再次碰到了那个老人。老人见到他们非常兴奋，不停地挥舞着拐杖："感谢你们！我的新娘真漂亮！"

六兄弟连忙说："这里没有你的新娘，最小的一个是留给我们小弟的。"

兄弟们违背了承诺，这让老人非常愤怒，他说："你们都是不守诺言的人！答应我的事竟然出尔反尔？我要惩罚你们！"说着，他抡起手中的拐杖，逐一敲打他们的头，很快，六兄弟和新娘们全都变成了石头，只留下了小妹。

从此，小妹和老人生活在一起，每天为他打扫屋子。这样的生活很平静，可她却总是忍不住担心："这么大的森林，如果有一天老人死去了，只剩我一个人了该怎么办呢？我该怎么生活？"

小妹忍不住把这个想法告诉了老人，老人听后说："不要害怕，我根本不会死的！因为我没有心啊！就算我真的死了，你就拿着我的拐杖，它可以把你的姐姐们和她们的丈夫变回

人，让他们陪伴你！"

"为什么你没有心呢？它在哪里？"小妹问。

"你想知道我的心在哪里？"老人说，"我来告诉你，它就在我的床上啊！"

有一天，老人离开屋子，小妹就来到他的房间，在他的床单上绣上美丽的图案，还特地绣上几朵盛开的花，她想让老人的心感受到温馨。老人回到家后，看到自己的床单，非常吃惊，对小妹说："我骗了你，那是个玩笑，我的心不在这里。"

"那你告诉我，你的心到底在哪里？"小妹问。

"它就在门上啊！"老人说。

过了一天，老人再次离开了屋子，小妹把门装扮得很漂亮。老人回来后问她："你为什么要这么做？"

"为了让你的心感到快乐！"小妹回答。

老人微笑着说："我的心并不在这里啊，不过我还是要感谢你。"

小妹叹着气问道："那你的心到底在哪里？如果有一天你死去了，这里就只有我一个人了，我是多么的孤单！"

老人说了和从前同样的话，想要她安心，可小妹不停地问他："你的心到底在什么地方？"

老人想了想，对小妹说："我的心不在这里，它在遥远的教堂里，那个教堂比我的年龄还老。教堂的门窗都是用铁做成的，非常坚固，没人能打开它们。它的门前有一条河，可河上没有桥，河流很急，根本没有人能穿过那里。有一只鸟每天都在教堂里飞来飞去，它不吃东西，也不会死去，没人能抓住它。只要这只鸟不死，我也就不会死去。"

想到老人的心在遥远的地方，小妹很难过，因为她没办法让这颗心快乐起来。她总是一个人待在屋子里，等着老人回来。

一天，有一位青年走了过来，他看到漂亮的小妹，就向她点头打招呼。

小妹也回答："你好！请问你要去哪里？"

青年走到她的面前说："我要去寻找我的六个哥哥，他们离开了家，说要去找新娘，并会给我带来一位。可到现在他们也没回来，我想知道他们在哪里。"

"天啊！"小妹说，"你不要继续找了，请进来吃些东西吧，我会告诉你一切的。"

青年走进屋子，吃了点儿东西，喝了茶。小妹把事情的来龙去脉告诉了他，说他的哥哥已经选好了新娘，这些新娘就是她的姐姐们，还有门前的石头就是他的哥哥和她的姐姐们变的，只有老人死了，他们才能变回原形。

说到这里，小妹伤心地哭了起来，她说老人的心在很远的地方，并告诉年轻人如何去那里。

青年说："我可以去找那只鸟，相信我，一定会找到的！"

"你去找它！"小妹说，"我支持你，找到鸟后，我的姐姐们和你的哥哥们就会得救的。"

天已经黑了，老人很快就会回来，小妹把青年藏到了房子后面。第二天早上，等老人离开房子后，小妹拿来了食物，对青年说："祝你成功。"

青年吃饱后，向小妹道别，踏上了寻找小鸟的旅程。他走了很久，觉得肚子很饿，就坐在一块石头上吃东西。他打开小妹给他的盒子，里面装满了美食。

"这么多美味的食物!"他说,"有人愿意和我一起享用吗?"

就在这时,他的身后传来了牛的叫声。

"我愿意和你一起享用!"一头红色的公牛走了过来。

"你好,见到你很高兴,请吃吧!"青年说,"你想吃什么都可以。"

面对青年的热情,公牛也很高兴,它趴在青年的身边,吃了很多东西。

公牛吃过了早餐,不再感到饥饿,起身对青年说:"谢谢你,以后你遇到了困难可以大声叫我,我会很快出现并给你帮助的!"说完,公牛就离开了。

青年继续朝着遥远的教堂出发。他走了很久,肚子又叫了起来,于是他再次拿出装满了食物的盒子,大声说:"现在该吃饭了!有人愿意和我一起用餐吗?我会很开心的!"

这时从他身后跑来一头野猪,它说:"我愿意!你想邀请我一起吃饭吗?"

"当然!请一起吃吧!"青年说,"吃多少都可以。""如果日后你遇到了困难可以大声叫我,我会及时出现并帮助你的。"说完,它也离开了。

青年收拾好东西继续向教堂走去。一直走到晚上,他又觉得肚子饿了,便拿出装满了食物的盒子,坐在地上,大声说:"有这么多的食物,有人愿意和我一起享用吗?"

"我愿意!你想邀请我一起享用晚餐吗?"一个声音在他的头顶响起。

青年抬起头来,看到一只怪兽,它有狮子的身体,老鹰的脑袋。他对怪兽说："你想吃多少都可以，不要客气。"

怪兽很开心，吃饱后它重新飞到天上，对青年说："有困难可以叫我，我会给你帮助的！"

青年看着他，心想："它一定很忙，这么匆忙地就离开了。我想它会知道教堂在哪儿，要是它能告诉我该多好！"

他收好地上的食物，休息了一晚后，继续向教堂走去。几天后，青年来到了教堂前，可被没有桥的河流挡在了那里，四周也没有小船，他不会游泳，急得团团转。

青年在河边转了一天，早已累得筋疲力尽，也想不出办法，只能躺在地上睡觉。第二天早上，他继续想着应该怎么走过去。

"要是公牛能喝光这些河水，我就能走进教堂了！"青年这样说。

听到了他的话，公牛立即跑了出来，瞬间就把所有的河水都喝光了。青年开心地越过干涸的河床，走到对岸的教堂前，却发现它的铁门被紧紧地锁着，他没办法走进去。

"要是野猪用它的牙给我挖个洞，我就能走进去了！"青年说。

他的话音刚落，野猪就出现了，很快用它的牙在墙壁上挖了个洞。青年走了进去。

一只鸟在里面飞来飞去，它飞得那么快，青年根本抓不到它。

"要是怪兽在的话，它一定能捉住鸟吧！"青年说。

话音刚落，怪兽就出现了，很快捉住了鸟，送给青年后就离开了。

捉住鸟，青年重新回到了老人的屋子，并把小鸟献给小妹。这时天已经黑了，老人很快就会回来，小妹给他准备好食物后，立刻把青年和鸟藏进了柜子里。

过了一会儿，老人回来了，他对小妹说："我的心脏很难受！一定是生病了！"

"发生了什么？"小妹关切地问。

"我大概活不下去了，我的心脏，就是那只鸟，被人捉住了！"老人说。

柜子里的青年心想："老人并没有伤害我，可他害了我的哥哥们，还有他们的妻子，我的新娘也被他夺走了。他应该受到惩罚！"

于是，他握紧手中的鸟，老人突然尖叫："我的身体很不舒服！"然后他就倒在地上，昏睡过去了。

青年走出柜子，小妹拿来老人的拐杖，敲打着门前的石头，很快，那些石头重新变回了原来的模样。大家高兴得哭了起来，互相拥抱着、亲吻着，诉说着一切。

随后，七兄弟带着自己的妻子回到了森林，从此快乐地生活在一起。

鸽　子

有一位善良的国王，他有两个儿子，总是做出让人讨厌的事情。一天，兄弟二人坐着小船出去旅行。突然，晴朗的天气下起了恐怖的暴风雨，他们的船桨也不小心掉进了海里。他们的船在海上漂来漂去，非常危险，兄弟俩差点从船上掉下去。

就在这危险的时候，有一位老人坐在一只奇怪的大盆上向他们漂过来。老人对兄弟俩说："你们很危险！如果你们答应我，把你们以后的弟弟送给我，我就送你们回到岸上。"

"这怎么行啊！"兄弟俩说，"我们怎么能把弟弟送给你？父王和王后也不会答应的！"

"既然这样，你们就被淹死吧。"老人说，"我想，你们的王后会愿意的，她不会为了还没出生的孩子而放弃两个大人！"

说完，老人就坐在大盆上消失了。雨越下越大，兄弟俩的船也坏掉了，他们马上就要掉进海里淹死了。这时，弟弟说："我想老人说得对，我们的母后会同意的！"

哥哥也表示认同。此时他们只担心自己的性命，完全不去想那个没出生的弟弟。于是，他们一起叫喊着老人，并说："如果你能把我们送回到岸上，我们愿意把弟弟送给你！"

话音刚落，风停了，雨也停了，大海变得平静安宁。兄弟俩立刻回到了岸上，看到父王和母后正在焦急地等待他们。

"天啊！你们没事！我们非常担心！"母后大喊，上前抱住了他们。

回到家后，兄弟俩没有说出老人的事情。几年后，王后生下了第三位小王子，这是一位非常漂亮的孩子，兄弟俩却早已忘记了对老人的承诺。

一天晚上，窗外下起了大雨，还刮着大风。三王子刚准备入睡，就听到敲门的声音。他起身去开门，看到一位背着大盆的老人站在面前。"你现在要跟我离开，你是属于我的。"老人说，"我救过你的哥哥们，他们答应把你送给我。"

"我可以跟你走。"三王子说，"因为你救了我的哥哥，我应该遵守诺言。"

于是，老人带走了三王子，他们一起来到海边，坐着老人的大盆离开了。

老人的房子在大海的另一边，三王子任何事情都要听从他的指挥。老人对他说："你要开始工作了。现在你走到那些羽毛前，我晚上会回到这里，你要把它们全部分好，否则我会让你吃苦的。"说完，他就离开了。

三王子只能开始工作。他分了很久，眼前只剩下一根羽毛了。忽然，从窗外吹来一阵风，分好的羽毛被吹起来了，到处飞舞。三王子想要重新开始，可老人快要回来了，他想："老

人一定会惩罚我的！"

就在三王子发愁的时候，他听见有什么东西在敲打玻璃，还有一个好听的声音在叫他："三王子！让我来帮助你吧！"他立刻起身去打开窗户，看到一只雪白的鸽子正停在窗前。鸽子拍打着翅膀飞进来，开始整理那些凌乱的羽毛，没到一个小时就全部弄完了，整齐地放在地上。鸽子和三王子说了声再见，趁老人回来前飞走了。

晚上，老人回来了，他说："你干得很好！没想到身为王子，竟有这么巧的手！"

到了第二天，老人说："我给你简单点儿的工作，你看到门口的木柴了吗？你把它劈成小段，这样我就能用它烧火了。你必须在我回来前全部弄完。"

老人走后，三王子找出一把斧头开始劈柴，可他劈了很久也没有弄完，看起来很少的木柴变得越来越多。眼看着老人就要回来了，王子忧愁地叹着气，不知道自己应该怎么办，如果这些木柴劈不完，老人会惩罚他的。

这时，昨天的鸽子又出现了，它飞到木柴上，问王子："你需要我的帮助吗？"

"当然需要！"三王子说，"你昨天也帮助了我，真的很感谢你！"

鸽子飞起来，用嘴巴夹住木柴，一下一下将它们劈开。三王子将劈好的木柴摆放整齐，慢慢地，他发现，鸽子的速度比他快多了！一会儿工夫，所有的木柴就都劈好了。

工作完成了，鸽子飞到三王子面前。王子非常感谢它，抚摸着它的羽毛，弯腰亲吻它的小嘴。没想到眼前的鸽子突然变成了一位漂亮的姑娘。

她说："我原本是附近国家的公主，可老人将我带到这里，还让我变成了鸽子。是你让我变成了人，如果你想和我在一起，愿意和我结婚，我们会从她这里逃走的！"

三王子很快爱上了这位公主，他说："我愿意和你结婚，想和你永远在一起。"

公主说："好吧。一会儿老人回来，你就说你的工作都做完了。她看到劈完的木柴会表扬你，还会让你许愿，你就恳求她，要她把变成鸽子的公主送给你。为了能认出我，你要用一根红线绑在我的手指上。"

三王子拿来红线为公主绑好，公主重新变回鸽子离开了，这时老人也回家了。

看到砍好的木柴，老人很高兴，他对三王子说："你非常好！我要表扬你！你真是一个出色的王子！"

"你认为我做得不错吗？"三王子说，"那你可以满足我一个小小的心愿吗？这样我也会很开心的。"

"当然可以！"老人说，"告诉我你想要什么。"

"你这里有一只公主变成的鸽子吗？"三王子说，"我想要她。"

没想到老人生气了，他说："你从哪里听来的？根本没有公主变成的鸽子！你不要胡说！"说完，他带来一只灰色的毛驴，对三王子说，"看，给你这个，这就是你的公主！"

三王子接过毛驴看了看，发现它的一只脚上有红色的线，就说："好，我就要它。"

老人说："你要它有什么用？"

"我可以骑着它到处走。"三王子说。

可老人又把毛驴带走了。这次他带来一位上了年纪的老太太，她连话都说不出来，只是站在那里发抖。

"这就是公主，只有她了。"老人说，"你接受她吗？"

"当然。"三王子回答，他看到了老太太手上的红线。

老人真的生气了，大声喊叫着，把家里弄得乱七八糟，摔碎了所有的盘子。就在这时，鸽子也重新变成了公主，和三王子站在一起。

老人没有办法，只能让他们结婚，他要三王子发誓：不管以后发生了什么，他都不能离开公主。

公主告诉王子："婚礼上你什么都可以吃，但千万不要喝东西，否则你会忘记我的！"

两个人结婚那天，三王子忘了公主的话，想要喝酒，公主在身边碰了他一下，他想起来了，酒全部洒在了地上。

老人再次愤怒了，他站起来推倒了桌子。他没想到三王子和公主会两次将他识破，屋子又被他弄得到处都是垃圾。

随后，老人只能带着三王子和公主来到新房。他们关好门，公主对三王子说："虽然我们现在很安全，可老人绝对不会放过我们的！我们必须想办法离开！你先找两块木头来，放在窗前，等老人和我们说话的时候，木头会替我们回答。窗边有一盆花，还有一杯清水，带着它们，会有用的。"

收好这些东西，三王子带着公主离开了，公主为他指引方向，早在变成鸽子的时候，她就准备好一切了。

到了深夜，老人来到新房，敲门问道："你们还在吗？"

两块木头回答："我们还在。"

老人点了点头，心想："他们还没有逃跑。"

天快亮的时候，老人又来问了同样的问题，木头也回答了，老人放心地离开了。

到了第二天，太阳出来了，老人来到新房，心想："他们已经结婚了，我可以让他们受苦了！"他推开了房门，可三王子和公主早就走远了。老人气坏了，将木头扔在地上，跑出去追赶他们。

这时，正在逃亡路上的公主问王子："你看一看，我们身后有什么东西？"

"有许多乌云！离我们很远。"三王子说。

"拿出那个花盆。"公主说，"丢到乌云那里！"

三王子找出花盆扔了过去，立刻出现了一大片森林。

老人走进森林，可这里实在太大了，他没有办法走过去，只能变出一把斧子来不停地砍着。

公主再次问："你看一看，我们身后有什么东西？"

"还是那些乌云。"三王子说。

"你把那杯清水扔向乌云。"公主说。

三王子拿出清水扔了过去，立刻出现一片大海，老人没办法，只能回家拿来他的大盆。

这时，三王子和公主已经回到了城堡。他们跑进花园，看到窗户并爬了进去。老人很快赶了过来，他也顺着窗户爬了上去，公主转过身呼出一口气，突然出现了几百只鸽子，它们都围在老人的身边。老人非常生气，追赶着那些鸽子，最后变成了一块巨大的石头。过了很多年后，这块石头也没有消失。

三王子和公主结婚了，城堡里所有的人都很高兴。他的两个哥哥跪在他的面前，向他道歉，并说希望他可以做国王，他们会永远帮助他的。

美拉公主

　　很久以前，有一位叫苏力的国王在普兰仙女的保护下长大成人了。普兰是个心地善良的仙女，可她的脾气却很大，做事非常冲动，在苏力成年之前，这个国家的大小事务都由普兰处理。可在普兰仙女的领导下，国家一片混乱。

　　最开始的时候，普兰认为，苏力还没有继位，所以不该知道那么多事情，可过了一段时间她又觉得，苏力应该开始学习怎样成为国王了。苏力渐渐长大了，学习知识已来不及了，普兰却坚持自己的想法。她找来很多老师，并指定其中一位老家伙做丞相。老家伙年龄大了，无论谁说什么，他都会点头答应。

　　苏力是一位非常俊美的青年，也很聪明，可普兰没有教他一点儿知识。苏力变成了一个不懂礼貌、懦弱无知、做事从不思考的人。

　　在苏力的领导下，国家越来越混乱了，国民和大臣都非常不满。邻国的国王带着士兵打入了宫殿，在危急时刻，国王站在城前吹响他的笛子，成功阻止了这场战争。

战争结束后，大臣们想要为苏力寻找结婚的对象。他们介绍了很多公主，普兰也认为苏力到了结婚的年龄，等他有了妻子，她就可以离开这里了。在普兰看来，艾丽斯公主是最合适的人选。她派大臣去打听，听到了这样的回答：

"虽然艾丽斯公主非常美丽，可她实在是太瘦了！连风都能把她吹走，当然这种事情也发生过。公主每次出门都要有人跟着，大家都很担心，怕她再也回不来了。所以大家想了很多办法，有人提议在公主身上绑一块石头，可这太不舒服了。有人提议不让公主出门，可这也不行！最后他们决定，每次公主出门，都派几名仆人跟着。每个仆人都拿着绳子，绳子系在公主身上，这样她就不会出事了。"

大臣们经过商议，决定让苏力扮成国家的特使，亲自去看看这位公主，国家就留给丞相代管。无论谁向他请教问题，丞相都会这样回答："全听你的！"没想到这位老家伙受到了所有人的喜爱，国家也渐渐变得太平起来。

苏力国王来到了艾丽斯公主的国家，那里的人为他举行了盛大的舞会。所有的人都知道特使就是国王，可谁都没有说破。苏力受到了国王的礼遇，面对这些礼节他感到很厌烦，就对大家说："我想去花园和公主单独聊聊。"

公主害怕自己会被风吹走，想要拒绝。可外面的天气很好没有风，因此谁都没有反对。

于是，苏力和公主在花园里见面了。公主弯腰想要行礼，可刚刚迈出脚步，就吹来了一阵风，公主立刻就被吹走了。她的仆人不在身边，苏力只能跑去追赶，大声叫喊："我亲爱的公主，你不能就这样离开！"

"我不想被风吹走！"公主叫道，"您一定要追上我！我会感谢您的！和我见面是您提出来的，都是您的错！"她有些不高兴："如果我待在屋子里，就不会被吹走了。"

苏力越跑越快，可风也突然变大，他只能眼睁睁地看着公主被吹远。她飞过了花园尽头的河流，那里没有一只船，苏力只能停在河边，看着公主在天空中消失了。

追赶公主的仆人们跟在后面，有的骑马，有的连鞋子都没穿，就这样穿过了森林。他们担心公主的安全，因为风还在吹个不停。苏力看着天空，心想："这位公主实在是太瘦了，如果和她结婚，她岂不是每天都会被吹走？我也捉不到她。这样想着，苏力决定放弃这位妻子，不在这里浪费时间了。

苏力和国王道别，打算返回自己的国家。这时，仆人们找到了公主，她浑身湿淋淋的，躺在草堆上。

正巧，打算离开的苏力看到了公主，便对公主说："你的衣服都已经湿了，快点儿去换新的吧。"说完，他就离开了。

回到自己的国家后，苏力向大家说明了一切。他有些烦躁，因为这次经历被他的臣民们嘲笑了。过了很久，苏力带着一位仆人想出宫走走，他对所有人说："都不要跟着我，我有一个仆人就够了！"

没想到苏力刚走出宫殿，那个仆人就不见了。

在那个时代，每个国家的公主和王子都被仙女们抚养，仙女们就好像是他们的亲生父母，也愿意为他们做任何事情。美拉公主的国家就在苏力国家的旁边，她由安妮仙女抚养成人。

美拉公主非常漂亮，养育她的安妮仙女认为她该结婚了，

并认定苏力是最好的人选。没错，虽然苏力有些笨拙，却比其他王子要好多了。

为了让美拉和苏力相遇，安妮悄悄弄丢了苏力的仆人，让他走失在森林中。等到苏力在树下午睡的时候，又拿走了他的白马和宝剑。在安妮看来，如果苏力失去了所有，他就会以普通人的身份生活，这是件好事。

苏力在树下醒来，发现身边什么都没有了。他惊慌地寻找着白马和宝剑，可什么都没找到。他在森林里走了很久，又累又饿，最后决定先走出这片森林，至少要弄点儿东西吃。

不一会儿，他看到一个老奶奶从前面走了过来，这正是打扮后的安妮。她身上背着一大捆木柴，走得很累，差点摔倒。苏力看着她，非常担心这位老人会受伤，就上前扶着她，看她安全了，才继续向前走去。

可安妮不能让他离开，她站在后面喊道："你怎么能扔下我一个人？你没看到我的木柴吗？这位孩子，你穿得那么好，为什么没有教养？"

"我的父母可从没教过我什么。"苏力说。

"我知道！这不用你说。"安妮说，"可你要学会背木柴啊！快点儿过来，让我来告诉你，怎么背这些东西。"

听了这些话，苏力脸红了，他认为安妮说的话很对，于是他听话地转过身，拿起地上的木柴。

这是安妮的测试。她开心地走在苏力的身后，像老奶奶一样开始唠叨。

"我有一个愿望。"她说，"要是所有的国王都能背一次木柴，那么他们就会懂得生活的辛苦。"

苏力非常认同安妮的话，因为他就是国王。

　　"现在我们要去哪儿？"苏力问。

　　"去不远处一个叫白雪的城堡。你现在必须有一份工作，我可以帮助你。"安妮说。

　　"天啊！我现在只会背木柴。"苏力说，"我什么都不懂，要怎样工作呢？"

　　"你会慢慢学会很多东西的。"安妮说，"瞧！你已经会背木柴了，非常好。"

　　疲惫的苏力没有回答仙女，他的肚子很饿，想找些东西吃，更想找到合适的地方休息。就在这时，一个甜美的声音传了过来。

　　"我的奶奶！你怎么在这里？我到处找你呢，来，让我帮你吧！"

　　这是一位非常美丽的姑娘，她穿着华丽的裙子，边跑边喊。她，就是美拉公主。

　　"已经有人帮我了，你看。"安妮说，"就是这位少年。不过他好像很累，你来背吧！"

　　"这位先生，把木柴给我吧。"美拉说。

　　苏力非常羞愧，他怎么会把这么重的东西给她呢？这一刻，他好像不觉得累了，也有了力气，继续向前走去。

　　三个人走了很久，终于来到一座小房子前。安妮说："看，这就是白雪城堡。少年，你把木柴放在院子里吧。"

　　苏力知道自己现在很狼狈，如果有人认出他了该怎么办？如果不是因为美拉在这里，他早就逃跑了。

　　美拉和安妮走进屋子，只剩苏力一个人站在院子里，好像他是一股空气。他真的不知道该怎么办了。

没过多久，一个仆人从屋子里走出来。他走到苏力面前，对他说："请跟我来吧。"

仆人带着苏力来到一个华丽的房间，里面到处都是聊天喝酒的贵族，可并没有人认识苏力，也没人和他说话，这让苏力感到很孤独。

在城堡里生活了几天，苏力已经爱上美拉公主了。他每天都和公主一起生活，可公主却非常忙碌，总是有很多事情要做。苏力很烦恼，他找到了安妮，想要知道怎样才能得到美拉的爱。

这时，安妮正在一个房间里面织布，看到苏力到来，她非常满意。她说："如果你想得到公主的爱，光靠自己的身份是不够的，你要让她明白，你会永远陪在她的身边，让她快乐和幸福。"

苏力有些迷茫，想了想，继续问："请您告诉我，怎样才能得到美拉呢？无论什么事情我都会答应。如果您告诉我，我会报答您，并感谢您的。您看，我每天都帮您背木柴，行吗？"

"你的想法不错。"安妮说。她拿出了一团纱线，送给苏力："好好拿着它，会有用的！等你用不到它的时候，你的愿望就实现了。"

"它会保护我吗？"苏力问。

"哦！孩子！它决定着你所爱之人的命运。"安妮说。

苏力得到了纱线，离开了这里。

抚养苏力的仙女普兰有一个好朋友，叫梅西亚。梅西亚是安德鲁王子的仙女，梅西亚和普兰聊天的时候经常说起安德鲁。她说："安德鲁已经到了该结婚的年龄，也可以管理国家了，我应该为他找一位妻子。"

普兰经常说出不负责任的话，她告诉梅西亚，有一位美拉公主很不错。于是梅西亚动心了，她想让安德鲁和美拉结婚。

一天，梅西亚带着安德鲁来到白雪城堡，找到了美拉。安德鲁虽然有着一张英俊的面孔，也很有礼貌，可美拉认为他像一个女孩子。她说："这位王子看上去很像女孩子。"梅西亚听后非常愤怒，同时对美拉和安妮产生了不满。离开前，她说："美拉必须找到一座无拱的桥，还有浑身光滑、没毛的鸟，否则她会永远生活在苦难之中！"说完，他们离开了。

这时的苏力已经离开白雪城堡了。安妮把白马和宝剑还给了他。苏力想："以后的日子见不到美拉了，有白马和宝剑又有什么用呢？它们可以把自己带回白雪城堡吗？"

苏力骑着白马走过了很多森林和沙漠，来到一个陌生的国家。这个国家很安静，路上行人很少，可他很快就被捉起来了，并戴上了枷锁。苏力不知道自己做错了什么，便问士兵："为什么要捉我？"

士兵回答："因为你走进了铁王的领土！"

这时的国家都没有名字，他们的国王就是土地的名字。

苏力被带到了宫殿，铁王就坐在一把黑椅子上。这个宫殿到处都是黑色的，铁王正闭着眼睛，悼念他离开人世的家人。

"告诉我，为什么来到我的地盘！"铁王大声质问。

苏力说："我不小心走进来的。如果我能离开这里，会离你远远的，让我的臣民也对你警惕些！"

铁王听了非常生气，他大喊："你竟然敢说出这样的话！

来人！把他关进'休息室'去！"

"休息室"是一个被悬挂在半空中的铁笼子。被关在里面的人不能坐，不能站，连躺下睡觉都不行，里面时冷时热。笼子非常坚固，除了国王，没人能打开它，苏力也不可能逃走。

在苏力受苦的时候，他的仙女普兰正玩得开心呢，甚至忘记了他的存在。好在安妮仙女赶来了，此时苏力已经累坏了。

安妮来到他的身边，轻声说："喂，苏力！你还记得那团丝线吗？"

苏力立刻想起她曾经说过的话，便拿出丝线来，但不知道该怎么用。他想了想，只能将丝线缠在笼子上，没想到铁笼竟然变得无比脆弱，轻轻一拉就断开了。苏力立刻从里面逃了出来，可刚刚翻过窗户，却被一面墙挡住了去路。

这不是普通的墙，而是镜子做成的。它又高又滑，动物也别想爬上去。苏力非常绝望，觉得自己逃不出去了。他想："就算我死在这里，铁王也得不到什么！"于是他将丝线扔向天空，大声说："亲爱的安妮仙女，谢谢你的帮助！我现在把礼物还给您！"

安妮觉得苏力很可怜，她并没有收回那团丝线，而是紧紧握住了它。突然，苏力觉得身子飞起来了，丝线被安妮扯住了，他想："看来我还有救！"

就这样，苏力逃离了城堡。他重新将丝线放回衣服里，又对安妮说了谢谢。

美拉公主也在想念着苏力，她经常问仙女："苏力现在怎么样了？"当她知道苏力被铁王关在残酷的"休息室"时，立刻愤怒了，决定要打入铁王的国家。

　　她每天都在想办法，仔细地计划着。终于有一天，美拉公主带着士兵走出宫殿，大家都知道了：战争即将来临。这同样惊动了仙女们。

　　梅西亚也听到了这个消息，她对美拉的拒绝一直怀恨在心，因此决定给美拉点儿颜色瞧瞧。

　　安妮总是阻止着梅西亚的各种破坏，可安妮的力量也到了尽头。

　　美拉带领着士兵整天在森林中打猎，锻炼自己，希望自己变得强大起来。安妮告诉她："无论如何不要走出国境，否则我也不能保护你了。"美拉记住了这个忠告。开始的几天，一切都很安宁。可美拉还在想念着苏力，后来，竟然不知不觉走出了国境。

　　美拉看到前面有一座房子，房子四周堆满了枯叶。她突然感到惊恐，也想起了安妮的话，立刻转身想要逃跑，可身下的马却变成了石头，动不了了。

　　美拉被无形的力量拉扯到了地上，那股力量把她拖向了不远处的房子。她非常害怕，大声喊着救命，双手抓住白马，可这些都没用，那力量太大了。没过多久，她就被带到了那座房子旁。

　　梅西亚就站在房子前，她说："我一直在等你，美拉公主。我一直在看着你，这就是为你设计的陷阱！来吧，公主，让我告诉你应该怎样战斗！可我不会让你胜利的，我要你败给铁王，要你跪着请求他宽恕你，和你结婚，直到铁王同意。从现在开始，你就是我的奴仆。"

　　于是，美拉公主变成了仆人。她每天都要做最辛苦的工

作，总有不幸降临在她的身上。她的食物只有一块奶酪，睡觉的地方也只有干草。梅西亚还命令她在炎热的夏天去放羊。幸亏她在路上找到了一把扇子，用它遮挡住酷热的阳光，才没有晕死过去。

在别人看来，放羊的姑娘带着扇子实在奇怪，可美拉却没有放在心上。就在她打开扇子的时候，一张纸飘到了脚边，里面是苏力写给她的信。美拉幸福极了，甚至不觉得累了。

"我相信，安妮会帮助我的。"美拉这样想。

虽然美拉整天都在太阳下放羊，可她依旧那么美丽，皮肤还是那么白皙。梅西亚开始怀疑，于是整天跟在美拉的后面，想知道美拉没有变丑的原因。到了中午太阳最热的时候，她看到美拉拿出了扇子，放在头上。梅西亚非常生气，跑过去握住扇子，想要抢过来，可公主却不答应。

"把你的扇子给我！"梅西亚大叫。

"不可能！我绝对不会给你的！"美拉也尖叫着。她在抢夺中不小心踩到了扇子上，突然感到扇子飞起来了，带着她飞到了空中。梅西亚看着她越飞越远，却没有任何办法，她已经不能控制美拉了。

苏力也没有放弃寻找美拉，一直带着那团幸运的丝线。他走过了世界的每一个角落，有时会看到美拉留下的信，却依旧看不到美拉的身影。

"美拉是不是飞到天上，或者藏在哪里了呢？"苏力想，"如果她真的藏在天上，我该怎么找到她？"

突然，苏力想到了丝线。于是他拿出丝线，想要飞上天空。苏力刚飞到天上，却又掉了下来，险些摔断了腿，可他并

不放弃，每天都用丝线练习飞行。终于有一天，他能像鸟一样飞翔了。

苏力在天上寻找着美拉，依旧看不到她的身影，他甚至怀疑美拉已经躲到海底去了。

一天，苏力还在天空飞翔着，他看到远处有一只巨大的鸟。不知为什么，他变得激动起来，就连他自己也不明白这是为什么。鸟越来越近，飞到了他的身边，上面竟然站着美拉公主。

"快点儿，去捉没有羽毛的鸟和找没有拱的拱桥！"公主大叫。

两个人就这样见面了，他们高兴极了。美拉公主的扇子也变得很大，就连安妮仙女也能站在上面。安妮建议，可以站在扇子上向铁王挑战。

战争持续了很久，两个国家都受到了伤害，铁王没有办法，只能投降。公主说："你必须要去苏力的国家放羊！而且要对那些羊好点儿！"

不久后，苏力和美拉结婚了。普兰也赶来参加了婚礼，听到事情的经过，她非常震惊，并衷心地祝福他们幸福。

大眼姑娘

　　曾经有一对夫妻，十分恩爱，过着幸福的生活。他们有两个孩子，一个男孩和一个女孩。随着时间的推移，两个孩子长大成人了，妻子也因病去世了。丈夫无法忍受寂寞，很快和另一个女人结婚了。后母也有一个女儿，不过她长得非常丑陋。相反的是，前妻的女儿却长得十分漂亮，特别是她有一双又大又明亮的眼睛，很招人喜爱，因此身边的人都叫她大眼姑娘。

　　后母非常嫉妒大眼姑娘的美丽，经常派她干重活儿，让她睡在最差的房间里，还经常不给她饭吃，每天对她不是打就是骂。可后母对自己女儿的态度却完全不同，会给她买最好的衣服，吃最好的食物。

　　每天，大眼姑娘都有干不完的活儿，还要兼顾放羊。尽管如此，后母并不满意，让她在放羊的时候，还要割草。到了午饭时间，后母用干面粉和野草揉在一起，做成饼当作她的午饭。

　　一天，大眼姑娘干完活儿后去放羊割草，突然从旁边走过来一个小矮人，他戴着红色的帽子。

"是谁在割我的草啊？"他问。

"是我！我真的很累！"大眼姑娘说，"是我后母要我来的，请你不要责怪我，我把我的午饭分给你吃吧。"

小矮人同意了，大眼姑娘拿出那块饼，分成两块，其中一块送给矮人。这块饼虽然很难吃，可她真的很饿，没过多久就吃光了。

吃完饭后，矮人说："谢谢你的食物！你是个善良的少女！我可以让你变得幸运，实现你的三个愿望！首先，你会比现在更漂亮，你将成为世界上最美的女人！其次，你将拥有最动听的声音，当你说话的时候，就会从嘴巴里掉出金子！最后，你会和年轻的国王结婚，成为这个国家的王后！这是我的帽子，现在我把它送给你，它可不是一项普通的帽子，当你遇

到困难时，就拿出它戴在头上，危险会立刻消失的。"

大眼姑娘再三对矮人表达了感激之情。天黑了，她赶着羊群回到了家里。她变得比以前更漂亮了，大家甚至认不出她是谁了。后母问她发生了什么，她说出了小矮人的事情，因为她从来不说谎，却忘记告诉后母她和矮人一起吃午饭的事情了。

后母心想："如果我的女儿去了，一定也会变得这么美！到时候她就能嫁一户好人家了。"

于是，第二天，后母给女儿带了美味的饼，让她穿着漂亮的裙子，带着羊群出发了。女儿非常害怕，为了保护自己，她找到一根树枝带在身上。

女儿来到放羊的地方，开始割草，可她从来都没有干过活儿，动作很慢。不一会儿，那个戴着红帽的矮人出现了。

"是谁在割我的草？"他问。

"你是谁？和你没关系！"女儿说。

"你可以给我点儿吃的吗？这样我就不和你计较了。"矮人说。

"这些东西还不够我吃呢，不可能给你！不过你饿了的话，我能给你点儿别的东西。"女儿说完，拿起手里的树枝砸在矮人头上。

"你的心肠多么恶毒！"矮人说，"你会变得比现在还要丑。我会实现三个心愿：第一，你会有一张更加丑陋的脸；第二，只要你说话，就会有蛤蟆从你嘴里跳出来，你的声音也会变得难听；第三，你会很快死去。"

变丑的女儿回到家后，后母看到她很生气。女儿开口说话时，一只蛤蟆跳了出来，这可吓坏了后母，她更加苦恼了：为

什么女儿会变得更丑了呢？

再说说大眼姑娘的哥哥吧，他很早就离开家，去王宫里工作了。他得到了国王的允许，可以休息几天，于是回家探望妹妹。他看到妹妹变得比以前更美了，于是满脸春风地回到王宫。所有人都问他："发生了什么，你为什么这么开心？"

他得意地回答说："我有世界上最美丽的妹妹。"

很多人去问他，他都这样回答，渐渐地，国王也知道了。他找来哥哥，问他："你的妹妹真的那么美丽吗？"

哥哥说："我不会骗你，我看到她了。她的声音比夜莺还要动听。"

国王相信了他，正巧他在寻找结婚的对象，在他看来，大眼姑娘就非常合适。

于是，国王对哥哥说："你把你的妹妹带到王宫里来吧，我只信任你，去吧！"

哥哥坐着国王特意修造的船，满载礼物去迎接妹妹了。没想到这个消息被后母知道了，她想到了一个馊主意，就说："我不会让大眼姑娘过上幸福生活的，为什么我的女儿这么丑陋，她却那么美丽呢？"

想到这里，她让自己的女儿穿上最华丽的裙子，戴上了厚厚的面具，女儿顿时变得好看起来，没人能看到她丑陋的脸。后母说："如果国王不娶你，你就不要拿下面具。"

哥哥找到大眼姑娘，把她带上了船。这时，后母的女儿也走了上来，她像母亲说的那样，站在大眼姑娘身后，并把她推到了水里。

妹妹掉进了海里，哥哥很伤心，也开始烦恼："怎么和国王解释？如果说出真相，国王会很生气的。"

他想了很久，最终决定就当什么也没有发生，然后带着丑妹妹出发了。

回到了王宫，国王不知道后母的女儿长相丑陋，便答应和她结婚。可就在结婚那天晚上，国王看到了她的脸，而且整个屋子都是癞蛤蟆，他非常愤怒，认为自己受到了欺骗，就把哥哥关进了大牢里。国王很苦恼，不知道怎么离开后母的女儿，因为她实在是太丑了。

大眼姑娘掉下海后差点儿死掉，可她突然想起了矮人的帽子，于是拿出帽子戴上，马上就变成了鸭子。她跟在渔夫的船后，一直游到了王宫。她来到王宫的厨房，看到有一只小狗正在休息。小狗本该待在新王后的身边，可王后太丑了，小狗不想看她，只能躲到厨房休息。

鸭子走过来，跟小狗打招呼。

"你好啊！"鸭子说。

"你好，大眼姑娘。"小狗说，它一下就认出了鸭子就是大眼姑娘。

"你知道我哥哥在哪儿吗？"鸭子说。

"当然！他正在大牢里。"小狗说。

"那我的妹妹又在哪儿？"

"她已经和国王结婚了。"小狗说。

"天啊！我今天晚上可以留在这里吗？我明天还来，过了这两天后，我就不能来这里了。"

"可以。"小狗说。

得到允许后，鸭子就走了。两个仆人听到了它们的对话，却不明白鸭子为什么这样说，她们决定第二天捉住鸭子，问个究竟。

到了第二天，鸭子果然来了。它悄悄走进厨房，继续和小狗说话，那些仆人也走到它的旁边。

"你好。"鸭子说。

"你好，大眼姑娘。"小狗说。

"你知道我哥哥在哪儿吗？"鸭子说。

"当然！他正在大牢里。"小狗说。

"那我妹妹又在哪儿？"

"她已经和国王结婚了。"小狗说。

"我今晚还要在这里，明天还会来的，然后我就不会出现了。"

说完，它转身离开了厨房，仆人们晚来了一步，只能等到明天再去捉它。

第三天到了，鸭子再次在厨房出现，它走到小狗的旁边。

"你好啊！"鸭子说。

"你好，大眼姑娘。"小狗说。

"你知道我哥哥在哪儿吗？"鸭子说。

"当然！他正在大牢里。"小狗说。

"我的妹妹呢？"

"她和国王结婚了。"小狗说。

"我再也不会出现了。"

它转身想要离开，可那些仆人早就在等着它了。它们拿出准备好的网，放在鸭子的身上。在捉住鸭子的那一刻，他们吃惊地发现，鸭子身上的羽毛竟然是金黄色的！谁都没有见过这种鸭子，但是大家立即知道，它不是普通的鸭子，所以都对它很友好。

被关在大牢里的哥哥正在睡觉，在他的梦中，妹妹变成了鸭子，跑到这里来救他了，可她永远不能变回人了，除非剪掉它的嘴，魔法才能消失。哥哥向看守他的士兵说了这个奇怪的梦，士兵立即将他的梦转告给了国王。

国王派人把哥哥找来，问他："你妹妹还会变得那么美丽吗？"

哥哥说："一定会的。你要找到鸭子，然后让我剪掉它的嘴巴。"

国王答应了，立即派人找来了那只鸭子，还给了哥哥一把剪刀。哥哥抱起鸭子，拿起剪刀碰了碰它的嘴巴。不一会儿，大家就听到鸭子在叫喊："别碰我，我的手指受伤了！"

所有人都吃惊地发现，眨眼间，鸭子变成了一个美若天仙的姑娘。她站在那里，比她哥哥形容的还要美。

哥哥说："这就是我漂亮的妹妹！"随后，他说出了后母和她的女儿做出的可怕的事情，妹妹受了天大的委屈。

国王听后非常愤怒，惩罚了后母的女儿，将她逐出了王宫。

不久，大眼姑娘和国王举行了隆重的婚礼，成为这个国家的王后，整个国家的人们都很喜欢她。而她的哥哥也留在了王宫里，他们都过上了幸福快乐的生活。

巨人魔的女儿

　　有一位勤劳的青年，他想找一份适合自己的工作，便离开了父母，来到附近的城市。

　　青年在路上走着，突然有一个人问他："你准备去做什么？"

　　青年说："我想要找一份工作！"

　　那个人说："你可以来为我工作！我需要像你这样的人，也会给你很多的钱，给我工作的第一年，我会给你一麻袋的钱，第二年给你两麻袋，第三年就是三麻袋。你必须要为我工作三年，什么事都听我的，不许怀疑我，知道吗？你别担心，只要听我的话，不会有坏事发生的。"

　　青年同意了，便和他的主人一起回家去了。主人的家在一片荒原的斜坡处，只住着他一个人。原来他的主人是一位厉害的巨人魔，只要他使用魔法，不管是人还是动物都会听他的。

　　第二天，青年开始工作了，主人告诉他："你的第一个工作是去给森林里的野兽喂食，里面有恶狼、狗熊、小鹿和兔子，你向前走，到了牲口棚就能看到它们。"

青年将任务完成得很好，巨人魔非常满意，并夸奖了他。

这样过了几天，巨人魔说："你不要去喂那些动物了，它们吃得够多了。现在你可以休息，等它们饿了再去喂它们。"

然后巨人魔念了一句咒语，一下子把青年变成了兔子。兔子敏捷地跑了出去，速度快极了。现在，他是森林中唯一可以自由行动的动物了。两名带着猎狗的猎人，看到兔子非常开心，立刻追了上去，可兔子跑得那么快，他们根本追不上。

青年快乐地奔跑着，一点儿也不怕猎人的追赶，在无聊的时候，还会跑到猎人的面前和他们开玩笑。

他在外面跑了一年后，巨人魔找到了他，对着他念出咒语，他变回了原来的模样。

巨人魔问："怎么样？你喜欢这份工作吗？做兔子快乐吗？"

青年说："非常快乐！我喜欢这份工作！我跑得多快啊！"

于是，巨人魔给了他一麻袋的钱，并说："这是你应得的报酬。"

拿到了钱，青年对巨人魔说，会继续为他工作。

第二年开始了，青年继续工作，给那些动物喂食。巨人魔走过来对他念了咒语，他又变成了一只渡鸦，在天空中飞来飞去。青年想："渡鸦比兔子快多了，还能飞上天！真是太好了！"

他在天上飞了很久，觉得渡鸦没那么好了，因为猎人总想杀掉他。其他的鸟都被巨人魔捉住了，天空中只有他。

他飞得很快，不用担心会被别人捉到。就这样，他在天上飞了整整一年，巨人魔再次找到他，对他念了咒语，让他变回了人。

"快来告诉我，做渡鸦快乐吗？"巨人魔问。

"非常快乐！"青年说，"我第一次在天上飞，这种感觉太好了！"

于是，魔术师给了他两袋子的钱，并对他说："这是你应得的。"

青年拿了钱，对巨人魔说，会继续为他工作。

第三年，他继续去喂那些动物。过了几天后，巨人魔又走了过来，对他念了一句咒语，这次青年变成了一条大鱼，被放入了河中。

青年在河水中游来游去，甚至游到了大海，他想知道大海的深处到底是什么样的，便游到了海底，发现有一座水晶宫殿。

他游了过去，看到了豪华的宫殿，有无数的宝石和黄金堆在桌子上，花园里种着七彩的花朵，他还听到了动听的音乐。这是个多么美丽的宫殿啊！

宫殿中有一位姑娘，她在华丽的房间走来走去，带着忧伤的表情，好像有什么心事。她又高又瘦，长着一张比天使还要美丽的面孔。青年从来没见过这么美丽的少女，游到她身边仔细打量着。

青年想起了巨人魔曾念过的咒语，便照着念了一遍。不一会儿，他变回了人类。

他立刻来到少女的面前，想要告诉她，她有多么的美丽。

少女看到一个陌生的青年闯了进来，吓坏了。青年彬彬有礼，极有耐心地对她说了发生在自己身上的事情，还有他是怎样来到这里的。少女听后，就不再害怕他了，而且变得非常高兴，因为她从此不再孤单了。

少女和青年在海底快乐地生活着，一年的时间眼看就要到了。少女说："你该回去了，巨人魔会找到你的，你必须重新变回鱼的样子，否则你怎么离开大海呢？"

原来，少女是巨人魔的女儿，是他把女儿关在了深海宫殿里，不允许她和任何人见面。少女非常想念外面的世界，也不想和青年分开。后来，她想出了一个能和青年重新在一起的办法，只要青年听她的话，并按她说的去做，准保成功。

少女说："邻近的国王都欠我父亲很多钱。有一个国家的国王到了该还钱的时候了。"

"可他并没有钱还给我的父亲！"她说，"你听好了，你别给我父亲工作了，你已经做了三年了！等你离开后，就拿着那些钱去那个国家，为那里的国王工作。到了还钱的时候，国王会很害怕，你就告诉国王，你知道他欠了很多钱，这六麻袋的钱可以借给他，不过你要国王答应你，还钱的时候让你装成傻瓜仆人一起去。见到我父亲后，你要把家弄乱，砸碎所有的东西！虽然国王还了钱，可我的父亲还会很生气，所以要惩罚国王，他会问国王两个问题。"

"他会问的第一个问题是：'你知道我女儿去哪儿了吗？'这个时候你就说：'她去了海底宫殿。'然后他继续问：'你能认出她吗？'你要说：'当然可以。'然后父亲会找来很多和我一样的少女，你是找不出我的！我会到你的旁边向你眨眼睛，你就知道是我了！这就是第一个问题！"

"那么第二个呢？"青年问。

"他会问：'告诉我我的心在哪儿？'你就说：'藏在鱼里。'他又会问：'你知道是哪条鱼吗？'你就说：'当然。'

然后会有很多鱼出现，等那条鱼游来的时候，我碰你一下，你就捉住它！这样我父亲就没办法了！"

青年点头答应下来，他向少女发誓，一定会按照她说的去做，现在只要重新变回鱼的样子就可以了。可他忘记了咒语！少女也不知道该怎么办。青年想了很久，怎么也记不起来。他慌张极了，到了夜晚都无法入睡。第二天早上，他突然想起来了。于是，青年马上念出咒语，又变成了一条鱼，跳进海中，游了回去。

巨人魔找到他，念出咒语，他重新变成了人。

"告诉我，做鱼开心吗？"他问。

"当然！我能在海中游泳，非常开心。"青年说。

巨人魔非常满意，给了他三麻袋的钱，加上两年前的报酬一共是六麻袋，这都是青年应得的。

"你还想继续为我工作吗？我会给你六麻袋的钱。"巨人魔说，"这样你就会有十二麻袋的钱了！"

"谢谢，我不想继续工作了。"青年说，"我想休息，去别的地方走一走，等我想工作了，再来找你吧。"

"不论什么时候回来，我都欢迎你。"巨人魔说，"我们早就说好，你为我工作三年就可以了。"

青年带着六袋子钱离开了。他立刻赶到那个该还巨人魔钱的国家，先把钱埋在地里，然后去见国王，并对他说："我想为你工作。"国王答应了，要他每天去喂马。

还钱的日子渐渐逼近，国王每天都唉声叹气，愁眉不展。一天，国王去看自己的马，青年见只有国王一人，连忙上前关切地问："陛下，您为何总是郁郁寡欢，忧心忡忡啊？"

国王说："说了有什么用？你又不能帮我！"

"我可以帮你！"青年说，"我知道陛下在烦恼什么，我这里有可以帮助您的东西，比如说足够多的钱。"

国王听后非常吃惊，连忙和青年继续说起话来。

青年说："我可以借钱给你，足够偿还巨人魔的钱！不过你要答应我，还钱的那天，让我装成傻瓜仆人，随你一起去。我做的事情会让巨人魔生气，他会怪你，但我不会连累你的！怎么样？"

国王答应了青年的请求。到了还钱的那天，青年从土里挖出六麻袋的钱，装成傻瓜仆人，和国王一起去找巨人魔。

巨人魔的家变了样，不再是以前的小房子，而变成了山顶上巨大的宫殿。青年知道巨人魔的本领高强，他可以瞬间让一座宫殿消失不见，又能瞬间变出一座更大的城堡。

这座宫殿是由水晶做成的，青年和国王走了进去。一进宫殿大厅，青年好像真的变傻了一样，乱蹦乱跳，不仅弄乱屋子，还打碎了很多东西，甚至还在地板上滚来滚去，城堡里的许多水晶玻璃，都被他打成了碎片。

魔术师好端端的宫殿，一下子变得凌乱不堪，他大发雷霆，怒气冲冲地对国王说："你怎么能把这样的人带到我的城堡里来！他弄坏了我的宝贝！你还欠我很多的钱没还呢！"

青年说："我们可以还钱给你！"然后拿出了六麻袋的钱递给巨人魔。巨人魔看了看，说："国王，你之前欠我的钱已经还清了。"说完，他取出契约，还给了国王。

"不过，你的仆人弄坏了我的东西，你必须赔偿！"巨人魔说。

　　可国王再也拿不出一个铜板来了，巨人魔非常生气，要给国王一个教训。他说他有两个问题，要是国王答错了，就会被惩罚。

　　国王非常无奈，只能答应下来。这时青年说："我帮国王回答。"

　　巨人魔说："告诉我，我的女儿去哪儿了？"

青年说："我知道！在深海里。"

巨人魔又问："你为什么知道？"

青年说："小鱼告诉我的！它说它看见了。"

巨人魔问："我能认出我的女儿吗？"

青年说："当然。"

于是，巨人魔立即找来许多一模一样的少女，当然她们都是他用魔法变出来的，只有最后一位才是真的。她对青年眨了眨眼睛，青年明白了，走上前去抱住了她。

"她的确就是我的女儿。"巨人魔说，"现在，你要回答我的第二个问题，你知道我的心在哪儿吗？"

"当然。"青年说，"就在鱼里。"

"你知道是哪一条鱼吗？"巨人魔问。

青年说："我可以认出来。"

巨人魔拿来了很多的鱼，它们在青年面前游来游去。等到那条装了心的鱼出现时，少女碰了青年一下。他立刻手持利刃，抓起了那条鱼，将它劈成两半。

巨人魔应声倒下，他所施的一切魔法都破解了，那些关在森林里的动物们重新获得了自由。

青年和少女又在一起了，他们就在这座城堡里生活。没多久，他们举行了隆重的婚礼，周围的国王都来参加了。青年告诉他们："你们都不用再还钱了！"

国王们非常高兴，纷纷表示他们会听从他的命令。青年从此管理着庞大的帝国，天下安定，百姓安康，他也和美丽的皇后过着幸福快乐的生活，在那座城堡里住了好多年。

魔术师和孩子

从前，有一个头脑聪明的小伙子，他在很小的时候就经常看书，能认识很多字。一天，小伙子的父母对他说："你现在必须离开我们去找工作，学着独立生活了。"小伙子二话不说，背起行囊就离开了家。一天，他正在一片荒山上行走，迎面碰到一个老人。

"小伙子，你要去哪儿？"老人问。

"我想去找一份工作，看有没有人想雇工。"小伙子说。

"我可以给你一份工作，你愿意和我走吗？"老人问。

"当然可以！只要给我工钱，我和谁走都行！"小伙子说。

"你读过书吗？认识字吗？"老人问。

"我认识很多字！牧师都比不过我！"小伙子说，"很小的时候，我就会认字了。"

"我不要认识字的雇员。"老人说，"我给你的工作很简单，就是掸去旧书上面的灰尘。"

说完，老人就走了。小伙子看着他，心想："我多么想要

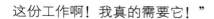

这份工作啊！我真的需要它！"

小伙子很想得到这份工作，他换了一身衣服，躲在石头后面，不想让老人认出他来。过了一会儿，老人又经过这里。

"你好，你要去做什么？"老人问，他并不知道这是他刚刚见过的小伙子。

"我想去找工作。"小伙子说。

"我这儿有一份工作，你想试试吗？"老人问。

"当然，我做什么都行。"小伙子说。

"那你读过书，认识字吗？"老人问。

"不，我不认识字。"小伙子说。

老人很满意，他带着小伙子回到自己的家，每天都要他整理书架，扫去上面的灰尘。小伙子很喜欢这些书，每天都要读一本。这样的日子过了很久，小伙子读了很多的书，他已经和主人一样聪明，懂得很多事情了。同时他也知道，自己的主人其实是一位了不起的魔术师，世界上所有的东西他都能变出来。

没过多久，小伙子学会了所有的魔术，甚至连主人都不放在眼里了。他开始想念自己的父母，于是告别了主人，重新回到家中。

不久，小伙子和他的父母来到附近的市场。小伙子说："妈妈，我现在可以把自己变成马，你让父亲把我牵去卖了，到时候我还会回来的，什么事都不会发生。"

母亲半天没有答应，因为她怕儿子出事。可小伙子继续说："请你相信我，我会回来的。"

于是，小伙子用魔术把自己变成了马，而且是一匹漂亮高大的良马。父亲用它换了很多的钱。卖马的人将马牵回去，关在马厩里就离开了。趁周围没有人，小伙子偷偷变回了原形，跑回家了。

买马的人很吃惊，自己买的马竟然凭空消失不见了。这件事被其他人知道了，同时也惊动了那位魔术师，他心想："我知道了，是那个给我工作的小伙子做的！他学了我的本领就离开了，我一定要找到他。"

第二天，小伙子又变成马，要父亲拿他换钱。很快就有人相中了这匹马，买主请小伙子的父亲去旁边的酒馆里吃饭，边吃边谈价钱，马就拴在酒馆门前。这时，魔术师刚好从这里路过，看到了这匹马。他一眼就看出这不是一匹普通的马，而是那个小伙子变的。于是就进了酒店，找到买主，对他说："我出双倍的价钱，请你把马卖给我，行吗？"

买主当场答应了。魔术师牵着马来到铁匠铺前，对铁匠说："把烧红的钉子钉在马嘴中。"他之所以要铁匠这样做，是因为一旦马嘴上钉了铁钉，马就再也不可能变回人形了。

马听了魔术师的话马上变成一只鸽子飞向了天空。魔术师见状，立即变成老鹰追了上去。眼看就要被追上了，鸽子又变成一枚金戒指，掉在少女两脚之间。魔术师立即变成商人，来到少女跟前，表示愿花大价钱买下那枚戒指。少女说："这是上天赐给我的礼物！你出再多的钱，我也不卖给你。"

可魔术师给出的价钱越来越高，小伙子听了非常害怕，立即又变成一粒米。很快，他被魔术师发现了。魔术师马上变成了一只鸡，欲上前吃掉米。不承想，小伙子马上变成了一只黄鼠狼，一口咬死了那只鸡。

随后，小伙子变回了原形。不久，他和那个姑娘结了婚，一起幸福地生活着。从那以后，他发誓再也不用魔术了。

蛇 王

　　古时候，有一个富有的国家，被国王和王后统治着。他们的生活虽然很幸福，可随着年龄的增长，国王开始苦恼了：为什么他没有孩子呢？

　　他们结婚多年，却没有一个王子和公主，王后也因此经常哭泣，她多么希望自己能有个孩子啊！虽然国王没有责备过她，但她感到非常愧疚。她想："没有继承人的国家，是多么可怕啊！"于是，王后每天都站在窗前，默默地祈祷，希望能有一个孩子。

　　一天，有一位穿着破旧衣服的老人来到宫殿，她说想要见王后。仆人将老人拦在了外面，并说："你是乞丐，不可以见王后。"然后塞给老人一些钱，要她离开。

　　老人说："请你告诉王后，我之所以来到这里，是来解决她的烦恼的。"

仆人将这些话禀告给了王后，王后听后说："让她马上来见我。"

　　老人被带进宫殿，她对王后说："我尊敬的王后，我知道你在苦恼什么。我有办法，如果你听我的，很快就会得到两个孩子。"

　　听了老人的话，王后很吃惊，她当然很想要孩子。于是，她说："无论你说什么我都会答应。"

　　"听我说，王后。首先，你需要在睡觉的房间放一个浴缸。"老人说，"浴缸里放满清水。等你沐浴的时候，就会发现，浴缸下面有两个洋葱，是红色的。你要拿起洋葱，剥皮，然后吃掉它们。然后你只要等待，就能得到孩子了。"

　　王后听了老人的话，准备好了一切。她在沐浴的时候看到了两个红色的洋葱。她实在是太开心了，忘记了老人的话，把第一个洋葱连皮吃掉了。

　　突然，王后想道："我应该剥皮啊！"于是她拿起第二个，剥掉皮，也吃掉了。

　　没过多久，王后果然生下了两个孩子。可接生的老妇却看到，王后生下的第一个孩子是一条蛇。王后命令她不能告诉别人，并把那条蛇直接扔出了窗户。

　　第二个孩子是个英俊的王子，国王当然非常宠爱他，给了他世界上最好的东西。没有人告诉王子，他还有一个哥哥，是一条蛇。

　　整个国家因为王子的出生而欢喜庆祝，就连王后也忘记了那条蛇。渐渐地，二十年过去了，王子长大成人了。国王说："你该结婚了，你需要找到一个妻子，我们想看到你幸福地生活。"

王子准备好东西，坐着金马车离开了宫殿，可没走多久，就被一条巨大的蛇挡住了去路。

"告诉我，你现在要去哪里？"大蛇的声音很可怕。

"你没有资格这样问我，我可是这个国家的王子。"王子骄傲地说。

"你别想离开这儿。"大蛇说，"我当然知道你要去哪儿。我需要一个能陪我睡觉的伙伴，要是我找不到，你就别想结婚。"

王子没有办法，只能回到宫殿。他把这件事告诉了国王和王后，他们都认为这条蛇只是碰巧出现，让他第二天再次出发。

到了第二天，王子遇到了同样的事情，那条大蛇还在，它说着同样的话："如果我找不到陪我的伙伴，你就别想结婚！"

第三天，大蛇仍然没有离开。国王和王后为了儿子，只能把大蛇请到宫殿中来。他们看到大蛇，认为这样丑陋的动物不配有伙伴。他们随便找来一名女仆，大蛇接受了，带走了女仆，可只过了一晚，女仆就被大蛇赶了出来。之后国王又找了很多姑娘，都是同样的结果。

这个消息很快传遍了全国，也被一个农民知道了。这个农民抛弃了自己的妻子，和其他女人结婚了。农民有两个女儿，前妻的女儿聪明漂亮，第二个妻子的女儿却非常丑陋，性格也让人讨厌，两个女儿截然不同。

因为嫉妒美丽的女儿，后母经常想着怎样除掉她。当她知道大蛇需要妻子的时候，决定把漂亮女儿送给大蛇。于是她带着继女来到国王面前，说希望帮助他。

姑娘和后母来到宫殿，得知自己要嫁给大蛇，她非常害怕，认为自己这次一定会遇到危险，于是对后母说："我只有一个愿望，能让我见见我死去的母亲吗？"

后母答应了。到了晚上，姑娘一个人来到坟前，跪在地上大声哭泣，她希望母亲可以保护自己。姑娘哭了很久，后来竟在坟前睡着了，醒来的时候天已经亮了。这时姑娘已经不怕了，她对母亲说："我一定会没事的！"

她起身在田野间散步，找到了三颗果子，就放在袖子里了。

"等我遇到了危险，把果子剥开就行了。"姑娘说着，带着果子回到家，和后母一起来到了宫殿。

姑娘被带到国王面前，就连大臣都称赞她的美丽。勇敢的姑娘走上前，对国王和王后说："请你们给我和大蛇一间新房，我还需要一口大锅，下面烧着火，同时锅里要放满碱水。我还要三把崭新的刷子。"

国王和王后同意了她的请求，并给她穿上了七层的白色裙子。就这样，姑娘和大蛇结婚了。

结婚当晚，大蛇和姑娘都在新房里。大蛇对姑娘说："把你的衣服脱掉。"

"还是你先脱。"姑娘说。

"你怎么敢命令我？"大蛇非常吃惊。

"是的，我命令你脱掉。"姑娘说。

大蛇只能叫喊着扭动身子，没过多久，一层皮落了下来，姑娘也脱掉了第一层衣服。大蛇要她继续脱衣，姑娘说了同样的话，于是大蛇又脱掉一层皮。等到姑娘身上的裙子只剩最后一层时，地上已经堆满了蛇皮。大蛇的身子非常光滑，姑娘就拿起了刷子，浸在碱水里，用力地刷着大蛇。

锅里的碱水越来越少，三把刷子也坏掉了，面前的大蛇突然变成了一个英俊的少年。他对姑娘说："谢谢你救了我，我是这个国家的大王子。你解除了我的魔法，还愿意和我继续在一起吗？我会让你幸福的。"

"我愿意。"姑娘说。

每次大蛇举行婚礼的第二天，国王都会叫仆人去看看可怜的新娘。今天也一样，仆人悄悄打开门，看到了里面的一切。他很吃惊，慌忙离开，来到国王面前。

"国王，我看到新房中有一对英俊的青年和美丽的少女，他们还在睡呢！地上有七层蛇皮，还有六层白色的裙子。那三把刷子都已经坏掉了。"

国王和王后不敢相信："大蛇到哪里去了？"这时，最开始出现的老人再次来到宫殿，她对王后说："我的王后，你没有听从我的嘱咐，吃掉了第一个洋葱的皮。这条大蛇就是你的第一个儿子！"

国王叫仆人找来接生婆，接生婆也说："王后的第一个孩子是一条蛇，王后让我把它扔了出去。"

原来大蛇就是他们的孩子！国王和王后知道后，立刻迎接了大王子，并再次为他们举行了婚礼。国王问："我的儿子，你一定受了不少的苦吧？"

"是的。"大王子回答，"做一条蛇很辛苦。"

国王很愧疚，为了弥补大王子，他对所有的人宣布：他才是这个国家的继承人，也是他们的第一个孩子。

因为大蛇的故事，所有人都叫他"蛇王子"。蛇王子和姑

娘结婚后过着快乐的日子。

几年后，国王去世了，蛇王子成为国王，大家都叫他"蛇国王"。

就在这时，邻国国王向蛇国王宣战，这是一位年轻的国王。蛇国王想："我大概会有三年的时间不能回来，我的王后该怎么办？"于是他告诉所有的仆人，要保护王后的安全。为了和王后保持联系，他甚至制作了两个密印，分别留给自己和王后，并对所有人说："谁都不能随意拆开信件，否则会被砍头！"然后他带着士兵，奔向战场。

还记得那个作恶的后母吗？当她知道继女没被大蛇伤害，反而做了王后时，真是气坏了，她继续计划要解决掉王后。后母知道蛇国王离开了，她来到宫殿，对王后说了很多好听的话，并说当初将她送给大蛇，是为她着想。

王后太善良了，后母说什么她都相信。她将后母留在宫中，并赏赐了她很多东西。

没过多久，王后的孩子出生了，是双胞胎，非常可爱。她把这个消息写在信中，想要告诉国王。这时后母出现了，她对王后说："我是多么喜欢这两个孩子！王后，你辛苦了，让我为你梳头吧？"王后答应了，后母拿出梳子为她梳头，她很快睡着了。后母就找出密印，并给国王写信，说王后生了两只小狗。

收到信的国王很伤心，也很失望。可他突然想起了自己做蛇的日子，每天都生活得那么辛苦，是王后给了自己重生。于是他写信回去，要仆人对王后和小狗好一点儿。

没想到国王的信被后母拿到了，她撕掉那封信，重新写了一封，要仆人把王后和双胞胎烧死，并按好密印，谁也不知道是她在搞鬼。

仆人收到信，非常吃惊，她怎么忍心伤害这三个人？于是她找来一只母羊和两只小羊，顶替了王后和她的孩子。所有人都以为王后和双胞胎已经死去。这时后母又对所有人说："王后生下了两只小狗！她是个邪恶的巫婆！"

这些事情蛇国王并不知道，仆人也没有告诉王后。她只对王后说："国王要你在宫殿里，永远都不能离开，也不能让其他人见到。"就这样，没有人再见过王后和两位王子。

日子过得很快，蛇国王即将从战场归来，仆人开始害怕了，因为她违背了国王的命令。于是她对王后说出了当年的事情，并拿出了国王的信。她说："王后，请带着王子离开吧！"

王后只能带着她的孩子们离开。他们走到一片森林中，又累又饿，甚至不知道该在哪儿休息。这时，王后看到一个人影，他带着很多新鲜的鹿肉。虽然这个人的衣服破旧，可王后还是去问他："请问，你知道哪里能让我们休息吗？"

他回答："你一直向前走，会看到一间木屋。那是我的屋子，你可以住在里面。我没有什么钱，只有一只狗，靠打猎过日子。"

王后对他说了谢谢，找到了那间屋子。他们在这里睡了一晚，第二天，那人很早就出去了。王后看着凌乱的屋子，开始做饭打扫，希望可以报答那个人的恩情。可到了晚上，他回来了，看着干净的屋子，并没有说什么，只是说："我的名字叫安迪。"

黄昏时分，安迪离开了，王后总觉得他的心情很差。于是她在屋子里找来找去，在浴缸里看到了一件染血的衣服。她先是吃惊，后来又想："大概是那些动物的鲜血吧！"她拿起衣服，将它洗干净，没有和安迪说。

以后的日子里，王后发现安迪每天都会出去，回来的时候衣服带血，第二天穿着新衣服再次出发，而那些血并不是动物的。王后问安迪："可以告诉我，到底发生了什么吗？"

安迪什么都没有说，王后和他说了自己的经历，还说到了蛇国王，于是安迪就对她说："好吧，我告诉你。这是我和魔鬼的约定，我要帮他们做事情！可现在我很后悔，不想再帮他们了！但我和魔鬼的约定还在啊！他们束缚着我，每天把我叫到森林里，用火烧我。"

又到了安迪去见魔鬼的时间，王后对她说："你留在家中，保护我的孩子，我去拿回你的契约。"

安迪说："那些魔鬼很厉害，你会丢掉性命的，而且他们会继续折磨我。"

"别怕，全都交给我吧。"王后说，"我这里有三颗果子，是在母亲的坟前找到的，它们会帮助我。"

说完，王后骑着马，带着果子离开了屋子，向森林中走去。

魔鬼们早就在等待，他们看到了安迪的马和狗，就问："你是谁？为什么安迪没有来？"

王后说："我要拿回安迪的契约。"

魔鬼们听了都非常生气，大声叫喊着。站在前面的魔鬼咆哮起来："你休想！现在你就回去！告诉安迪，如果明天再不来，我们就会让他更难过！"

王后找出了三颗果子，拿出其中一颗捏破，扔向魔鬼，立刻燃起了大火。魔鬼们在烈火中痛苦地尖叫，慌忙逃跑了。

接下来的两天，王后每天都来到森林和魔鬼们谈话。那些魔鬼刚开始并不拿出契约，可只要王后拿出果子，他们就会被烧得很惨。到了第三天，带头的魔鬼无奈地将契约扔给王后，然后带着其他魔鬼逃跑了。

王后开心地回到小木屋，将契约交给安迪，安迪非常感谢她。

这时，蛇国王已经回到了宫殿。他来不及休息，马上想要看看王后和两只小狗，所有人都惊呆了，因为根本没有什么小狗，是两位可爱的王子，并且蛇国王说过，要烧死他们。

国王惊呆了，又生气又伤心，立刻找来当年的仆人质问："王后和两只小狗在哪儿？为什么大家都说那不是小狗，而是王子？"

仆人颤抖着拿出当时的信，上面有国王的密印。蛇国王马上明白了，有人在捣鬼。

以为失去了妻子和孩子，蛇国王非常悲伤。这时仆人告诉他："国王，我并没有烧死王后和王子，那是母羊和小羊。我已经让王后和王子逃出宫殿，他们好像走进了森林。"

国王听到妻子和孩子并没有死时，就立刻决定去找他们。他对所有人宣布，如果找不到王后和王子，他就永远不回来。那个时候，王位就是那位仆人的。

国王骑着马走进森林，他四处寻找着王后和王子的身影。他找了很久，也没有结果。可他没有放弃，每天都在寻找着。直到有一天，他来到了安迪的木屋。蛇国王很累，问王后："请问我能在这里休息一下吗？"

王后答应了。这时的国王并不知道，眼前的女人就是妻子，此时她穿着破旧的衣服，脸色苍白，和那位美丽的姑娘根本不像是一个人。两个王子也穿着粗糙的衣服，国王更不知道这就是他的孩子。

疲惫的国王很快睡着了，他的胳膊从凳子上滑落。王后对王子说："我的孩子，去把你父亲的胳膊放好。"

原来王后早就认出了国王，可她不敢说出来，因为她还有些惧怕国王。王子走到国王面前，刚碰到他的胳膊，国王就醒了。

蛇国王以为眼前的几个人是山贼，他想了想，决定什么也不说，看他们到底要做什么。过了一会儿，他假装入睡，胳膊再次从凳子上滑落。他听到王后说："我的孩子，去把你父亲的胳膊放好，别像哥哥一样，否则会弄醒他的！"

王子走过去，拿起国王的胳膊。国王激动地站了起来，将王后和王子抱在了怀里。

没过多久，安迪带着他的狗也回来了。蛇国王带着他们一起回到了宫殿，整个国家的人们都在迎接王后和王子的归来。至于那个狠毒的后母，因为做了太多坏事，已经被国王处死了。

他们一直快乐地生活在宫殿里，有人说他们现在也没有分开呢！

仙女的礼物

　　一般来说，人们所生活的环境，或多或少地反映他们的想法和性情。百花仙女住在一座美丽如画的宫殿里。宫殿里的花园非常漂亮，里面有各式各样美丽的东西，如茂盛的花草树木、精美的喷泉鱼池等等。百花仙女不仅貌美如花，而且善良仁慈，认识她的人都很喜欢她。

　　许多王子和公主自小就被送到百花仙女身边，他们快快乐乐地长大成人后，才依依不舍地离开仙女的宫殿，回到外面的世界生活。每当有王子或公主离开时，仙女都会赠送一些他们想要的礼物。现在，你将要听到的故事，是关于西尔维亚公主的故事。

　　百花仙女特别疼爱西尔维亚公主，因为她性情温顺，举止文雅，且凡事皆有别出一格的见解。时光飞逝如电，转眼间，西尔维亚也到了离开宫殿，接受仙女礼物的时候了。百花仙女有一个很大的愿望，就是她想知道，那些长大成人，离开宫殿的公主们，现在到底怎么样了？于是，百花仙女备好了自己那辆蝴蝶礼车，对西尔维亚说："西尔维亚，我打算派你到爱丽丝公主那里，去替我拜访一下她。因为我的缘故，她一定会很高兴地接待你。两个月以后，你再回来见我，告诉我她现在的情况和你对她的看法。"

西尔维亚虽然舍不得离开宫殿，但听了百花仙女的吩咐后，当即应诺前往。两个月的时间很快过去了，西尔维亚高兴地乘着蝴蝶礼车回到了仙女身边。百花仙女见到西尔维亚，也特别开心。

"孩子，快给我讲讲，爱丽丝公主现在怎么样啦？你对她的印象如何？"

"夫人，"西尔维亚答道，"您赠予她的礼物是美若天仙的容貌。她时常在人们面前赞美您心地善良，却从不告诉他们她的美貌源自您的祝福。起初，她的美貌的确让我心悦诚服，不过，相处久了，我发现，她非常自恋自己的美貌，却完全忽视了如何运用其他的天赋。她整天所做的事，就是四处炫耀自己的美貌。后来，在我拜访期间，她害了一场重病，虽然很快痊愈了，可完全丧失了往日美若天仙的容貌。现在，她特别讨厌看到镜中的自己，再三恳求我转告您她不幸的遭遇，乞求您大发慈悲，让她恢复往日的美貌。说心里话，她太需要美丽的容貌了。以前，因为有漂亮的外表，人们大都容忍了她粗俗无礼的言行，认为这正是她讨人喜欢的地方。可是，现在她变丑了，再没有谁能容忍她了。更可悲的是，爱丽丝公主好像完全不会用自己的头脑想问题了，更

不会运用自己的聪明才智。我觉得她现在一无是处，她可能清楚这一点。可以想象，她如今是多么可悲啊，殷切地巴望您的帮助。"

"你告诉我的，正是我最想知道的一切。"百花仙女说，"但是，对她，我如今爱莫能助了，我的礼物只能馈赠一次。"

百花仙女宫殿中的人们依旧沉浸在欢乐之中，让人们忘记了世间所有的烦恼。没过多久，百花仙女又派西尔维亚去拜访达芙丽公主。西尔维亚乘着蝴蝶礼车，来到一个与众不同的王国。在那儿待了几天后，她实在不愿再待下去，就托一只四处闲逛的蝴蝶给百花公主捎个信，让她尽快接她回去。

不久，她返回了仙宫。

"啊，夫人，"西尔维亚公主一见到百花仙女，就大声说道，"这次你派我去的地方简直太糟糕了，我一天也不愿多待。"

"怎么啦，那儿发生了什么事？"百花仙女好奇地问，"如果我没有记错的话，达芙丽公主得到的礼物是一副能言善辩的口舌。"

"对一个女人来说，拥有能言善辩的本领绝不是好事。"西尔维亚长叹一口气，坚信不疑地说，"达芙丽公主的确巧舌如簧，尤其擅长辞令。可她一开口，就滔滔不绝，没完没了。起初，人们还听得津津有味，后来，简直让人厌烦得要死。更可恼的是，她还特别喜欢插手王国的事务，动不动就召开会议商讨国事。因为在会议上，她能充分发挥她的特长，尽情展现她的三寸不烂之舌，如滔滔江水，永无休止地大说特说。更可恼的是，会议好不容易结束了，她又闲扯一些与会议内容毫无关系的事情，想到什么就扯什么，丝毫不顾及别人愿不愿意听。唉，离开那个地方，我可真是如释重负，别提有多开心。"

听了西尔维亚的话后，百花仙女摇了摇头，微微笑了几声。她让西尔维亚休息一段时间后，再去拜访辛茜雅公主，在她那里待三个月。三个月后，西尔维亚又回到百花仙女身边。像久别重逢的故友一样，西尔维亚和百花仙女都抑制不住内心深处的喜悦，相拥了许久。像前两次一样，百花仙女迫切地想知道她对辛茜雅公主的看法。辛茜雅公主为人十分和善，特别讨人喜欢，这正是百花仙女送给她的祝福。

"起初，我真的觉得，辛茜雅公主是世界上最幸福的女人，成百上千个英俊的年轻人拜倒在她的石榴裙下，他们争先恐后讨她欢喜，想方设法满足她的愿望，以此表达他们的爱慕之情。我简直羡慕极了，几乎下定决心，也要您赐予我同样的礼物。"

"那么，你后来改变主意了吗？"百花仙女急切地问。

"是的，夫人！"西尔维亚答道，"我告诉您这其中的原因吧。随着时间的推移，我陪在辛茜雅公主身边的时间越长，就越来越发现她其实一点儿也不快乐。为了取悦他人，她不得不伪装自己，失去自己的本性和真诚，渐渐沦为一个只会卖弄风情的女人。那些爱慕她的年轻人也渐渐离她而去，因为他们觉得，她对所有的人都一样，毫无区别的展示自己的魅力，她的魅力太廉价了，丝毫不值得珍惜，更不值得他们去爱慕。"

"孩子，我真的替你高兴，你说得太好了。"百花仙女说，"你在宫中好好休息几天，然后去拜访菲莉达公主吧。"

能在宫殿里待上几天，西尔维亚非常开心。在这短暂的休息时间里，她要好好思量一番，自己离开仙宫时，该要一件什么样的礼物才好？而那个时刻，已逐渐逼近。几天之后，西尔维亚乘着蝴蝶礼车，来到菲莉达公主所在的王国。三个月后，当西尔维亚离开菲莉达的王国返回仙宫时，百花仙女像前几次一样，兴味盎然地听她描述对菲莉达公主的看法。

"我到达菲莉达公主的王宫后，公主热情地接待了我，并竭力向我展示您赠送她的聪明才智。起初，我深深地被她的聪明才智吸引了，甚至认为这是世间最好的礼物。可没多久，我对聪明才智的渴望就没那么强烈了。像讨人喜欢一样，聪明才智并不能让人们真心诚意地感到愉悦。后来，我甚至有些厌恶她的聪明。我终于明白，要想使自己的聪明才智获得真正的认可，并让人们愉悦地接受，就不要搞什么恶作剧，耍什么心机。可是菲莉达公主即使面对非常严肃的事情，也要卖弄自己的聪明，想法诙谐地对待。"

百花仙女非常赞同西尔维亚的看法，并对自己能培养出这么优秀的一位公主而倍感自豪。

西尔维亚离开仙宫的时刻终于到来了。像之前所有离开的公主们一样，她也即将接受百花仙女赐予的礼物。她和其他所有要离开的公主站在一起，耐心等待百花仙女的馈赠。西尔维亚是最后一位接受礼物的公主，当百花仙女问她要一件什么样的礼物时，她沉思了好久，才坚定地说："我要一颗平静从容的心。"如西尔维亚所愿，百花仙女给了她一颗平静从容的心。

这真是一件奇妙的礼物，从此，西尔维亚过着无比幸福和快乐的生活，并使她周围所有的人都感受到了快乐。她不仅温柔漂亮，而且知足常乐，那时刻洋溢在她脸上的欢乐，更使她妩媚动人。即便她偶尔感到伤心或不安，面露愁容，人们也不在意，而是关切地说："哦，今天我们的天使西尔维亚的脸色不太好，她的样子好令人担忧。"

而当西尔维亚心里充满喜悦时，她那俏丽的脸庞如同春天的阳光，时刻把温暖和快乐洒向她周围所有的人。